mes l'Ouvrage complet.

Collection "In Extenso"

Maurice VAUCAIRE et Marcel LUGUET

MADEMOISELLE X...

SOURIS D'HOTEL

Illustrations de
MAITREJEAN.

LA RENAISSANCE DU LIVRE
78, Boulevard Saint-Michel — PARIS

MADEMOISELLE X...
SOURIS D'HOTEL

Collection " In Extenso "

L'ouvrage illustré de **3** fr. **50** pour **0** fr. **60**

Franco par la poste : **75** *centimes.*

LISTE DES VOLUMES

LA RENAISSANCE DU LIVRE

78, Boulevard Saint-Michel, PARIS

Maurice VAUCAIRE et Marcel LUGUET

MADEMOISELLE X...
SOURIS D'HOTEL

ROMAN

ILLUSTRATIONS DE MAITREJEAN

PARIS

LA RENAISSANCE DU LIVRE

78, BOULEVARD ST-MICHEL, 78

MAURICE VAUCAIRE

Il est convenu que M. Maurice Vaucaire est un auteur parisien. Je veux bien. Mais pas de la sorte qui sévissait juste avant la guerre : tout en étant léger, il demeure sain ; il est fin et ému, ironique et tendre. Ceci devait être indiqué tout d'abord, avant d'en venir à la sécheresse des précisions biographiques et bibliographiques.

M. Maurice Vaucaire, né à Versailles en 1865, a donné : POÉSIE : *Arc-en-ciel*, 1885 ; *Effets de théâtre*, 1886 ; *Parcs et boudoirs*, 1887 ; *Petits Chagrins*, 1894 ; *le Panier d'argenterie*, 1895 ; *Léger sans être vide*, 1910 ; — ROMANS : *l'Encrier de la petite Vertu*, 1894 ; *le Danger d'être aimé*, 1895 ; *Chipette ou la Dame Frivole*, 1897 ; *Demi-Grand Monde*, 1897 ; *Maison de poupées*, 1900 ; *le Masque de sable*, roman égyptien, 1904 ; *le Piège*, 1907 ; *le Métier de Mlle Pip*, 1908 ; *Patatras!* 1908 ; *La petite Madame Bec et Ongles*, 1909 ; *Jaune et Blanche*, 1909 ; *Une vraie jeune fille*, 1910 ; *M{lle} X... souris d'hôtel*, 1910 ; *le Roman de Parsifal*, 1912 ; *la Demoiselle du Cinéma*, 1917. La « Renaissance du Livre » a récemment publié *l'Apprenti millionnaire*, dont le succès est très vif. La collection « In extenso » a déjà donné *Mimi du Conservatoire*, exquis roman dialogué qui s'intitula d'abord *Demi Grand Monde*.

L'œuvre scénique de M. Vaucaire n'est pas moins abondante que son œuvre de romancier. Elle partit du Chat noir avec *le Carnaval de Venise*, tableau en vers (1892). Le Théâtre libre et son succédané le Théâtre-Antoine lui furent particulièrement accueillants : *Un beau soir*, 1 acte en vers (1891) ; *Valet de cœur*, 3 actes en prose (1893) ; *le Poète et le Financier*, 1 acte en vers (1893) ; *Girouettes*, 2 actes en prose (1899) ; *la Reprise*, 2 actes en prose (1901). *Le Pardon du Saint Sacrement*, 1 acte en vers, fut donné à l'Odéon en 1893, et *Amoureuse amitié*, 1 acte en prose, à la Comédie-Française en 1901. *Petit Chagrin*, 3 actes en prose, obtint en 1899 un vif succès au Gymnase. *Le Coup d'État*, 3 actes en prose, a été joué au Théâtre Femina en 1911. Enfin, M. Maurice Vaucaire a fait plusieurs livrets : *Le temps jadis*, ballet-opéra (musique de Justin Clérice) ; *Hans le joueur de flûte*, opéra-comique (musique de Louis Ganne) ; *Manon Lescaut* et *la Fille du Far-West*, opéras (musique de Puccini) ; *Iris*, opéra (musique de Mascagni) et *la Femme et le Pantin*, opéra (musique de Zandonaï).

Vaucaire-dramaturge s'apparente, de près, à Vaucaire-romancier ; à tous deux, volontiers, le même héros est cher. Ce héros est un amant, qui n'est pas Tristan — il s'en faut. Mais une part — une petite part — de lui est digne d'Yseult-la-Reine, et comme il ne rencontre que de petites âmes, il s'écrie : « Nous sommes d'une race facilement lâche et misérable par amour, gardons-nous donc de ces amours-là et choisissons-en de plus nobles. » Serait-il, cet amant, pleinement à l'unisson avec elles? Sans doute non. Du moins, il souffre de leur absence — et c'est la marque d'un cœur non dépourvu de noblesse.

Mais laissons le prosateur pour le poète. Il est charmant : *Petits Chagrins*, qui ne forment guère qu'une plaquette, ne disparaîtront pas. Un cœur tendre y souffre tout simplement :

> Las de t'attendre dans la rue,
> J'ai lancé deux petits pavés
> Sur tes carreaux que j'ai crevés,
> Et tu ne m'es pas apparue.

Car M. Maurice Vaucaire a écrit les *Petits Pavés*, qui sont peut-être la meilleure chanson d'amour triste de ce temps. Heureux un tel auteur! Une chanson parfaite, c'est une barque insubmersible, durant que tant de paquebots — gros recueils et romans nombreux — sombrent.

MARCEL LUGUET

C'est un original que ce poète qui fait des poèmes qu'il se refuse ensuite à publier, ce Parisien — vingt-cinq années de salles de rédaction et de secrétariat général de théâtre — qui ne rêve que chasse et cheval, et de sa chère île d'Oléron.

Il revenait de son service militaire, accompli dans un régiment de chasseurs à cheval, quand, en 1889, il publia *Élève-martyr*. Cette étude militaire, qui suscita d'assez vives polémiques, fut suivie de deux romans : *En guise d'amant* et *Tendresse*, et d'un curieux et discuté « roman théâtral », *le Missionnaire*, qui fut représenté au Théâtre Libre, aux jours héroïques de celui-ci. Déjà, M. Marcel Luguet avait écrit le poème de l'incomparable conte de Flaubert *la Légende de Saint-Julien l'Hospitalier*, qui fut mis en musique par M. Camille Erlanger.

M. Marcel Luguet a donné à l'Odéon, *la Belle-Mère*, une adaptation de Térence, et, en collaboration avec M. Marcel Lauras, *Cœurs vernis* (4 actes) au théâtre Antoine et *la Vipère*, aux Capucines.

Comme roman on a de lui : *l'Indécente*, originale étude d'une âme de jeune fille hardie et loyale ; *Irlis*, émouvante peinture des fatalités de carrière chez les gens de théâtre ; *le Sabre à la main*, *la Force des Faibles*, *Vraie jeune fille*, *Jaune et Blanche* (ces deux derniers en collaboration avec M. Maurice Vaucaire), et *Nannio*, savoureuse idylle entre une jeune paysanne et un moine grec. Cette œuvre, qui se situe dans une petite île de l'archipel, œuvre où se mélangent de la façon la plus heureuse et la plus originale l'antiquité et le monde actuel, est tout à fait prenante. Elle est un régal pour les lettrés.

Mlle X..., SOURIS D'HOTEL

CHAPITRE PREMIER

J'ÉCRIS MES MÉMOIRES POUR ME RENDRE SYMPATHIQUE

Ma vie, jusqu'aujourd'hui, n'a été qu'un très joli roman d'amour ; j'espère bien qu'elle continuera ainsi.

Voyons : je vais sortir de prison dans un mois, j'aurai vingt-trois ans, je retrouverai mon amant qui ne sait rien, ne se doute de rien et me croit aux Indes, auprès d'un autre...

J'avais, en maîtresse avisée, prévu le cas où je me ferais pincer. On serait Napoléon que ça vous arrive toujours cette chose-là. L'habileté, le génie, c'est très bien ! N'empêche que quand c'est écrit là-haut que c'est votre tour, rien n'y fait. Une amie dévouée devait jeter à la poste, le jour probable de mon arrestation, cette lettre adressée à mon cher Georges :

« Mon aimé,

« Je t'ai menti, tu n'es pas seul dans ma vie, j'appartiens à un autre homme que je hais, mais qu'il me faut suivre aux Indes, où il a des affaires. Ce voyage durera quinze mois, pas un jour de plus. Au bout de ce temps, je te reviendrai...

« Si j'entreprends cette affreuse balade, c'est pour être riche, et par conséquent indépendante. Nous pourrons nous aimer alors en toute liberté, ce qui sera le rêve ! Tu m'as reproché assez souvent d'être mystérieuse, inexacte, de ne pas me laisser connaître complètement. Que veux-tu ? Je tenais à ménager ta susceptibilité, ton amour-propre. C'est pourquoi je n'ai jamais voulu te donner mon adresse, te dire des choses qui t'auraient déplu et peut-être dégoûté de moi.

« Continue de m'écrire aux mêmes initiales, bureau restant, on me fera suivre tes lettres chéries. Si je ne te réponds pas, c'est qu'il me sera impossible de le faire, car mon seigneur et maître est jaloux terriblement, et je ne veux pas compromettre une aussi belle opération par une sotte imprudence, quelque gaffe.

« J'ai en toi une absolue confiance, témoigne-moi la même. Si je suis dans l'obligation de te tromper, sois-moi fidèle, car toi, ce n'est pas pareil, tu n'as pas ta vie à faire.

« Au revoir, mon Georges, je t'adore à jamais, toujours, tant que mon cœur battra.

« Ta RAYMONDE. »

Il a dû pleurer et rager en recevant cela, mon pauvre aimé... Il est fou de moi et je le lui rends bien. Mais, vrai, je ne pouvais pas lui dire ce qui se passait, cet excès de franchise m'aurait coûté trop cher. Le mensonge est une nécessité dans la vie des amants qui s'aiment.

On s'est connu dans le train d'Auteuil, un jour de courses. Il m'a fait du pied et il m'a parlé. Comme il me plaisait follement, je lui ai répondu, tout en dégageant mes petits souliers en peau de daim de son bas de pantalon qu'ils ont tout de même enfariné... Au lieu d'aller perdre notre galette au pari mutuel, nous avons arpenté une partie du Bois de Boulogne, bras dessus bras dessous. Quelle jolie journée ! Exquis ! Idéal ! Ça, c'est des bons souvenirs.

*
**

— Qui êtes-vous ?
— Une jeune fille.
— Naturellement.
— Ce n'est pas si naturel que ça.
— Oh ! bien...
— Une jeune fille « jeune fille », donc pas d'«oh ! bien... », le vôtre est sans raison.
— Soit. Je le retire.
— Remplacez-le par un air étonné, et

légèrement embarrassé, pour m'être agréable.

— En effet, dans un compartiment pour Auteuil, une jeune fille « jeune fille »..., comme vous dites, qui s'en va jouer aux courses !

— N'est-ce pas? Vous le voyez, c'est pourtant ainsi.

— Eh bien ! tant mieux, on sera plus libre.

— A mon tour : passez-moi l'étonnement.

— Mais pas l'embarras?

— Non, toujours mauvais, l'embarras. Alors vous croyez? Et pourquoi plus libre?

— Parce qu'on sera dispensé d'un tas de sottises sans lesquelles il n'y a pas de chauffage de femme possible.

— Alors vous pensiez me chauffer?

— Je ne pensais rien, je sentais que vous me plaisiez, voilà tout. Pas plus.

— Et moi aussi.

— Pas plus non plus?

— Pas plus non plus.

— C'est ça.

— Eh bien ! c'est ça.

Et de grands rires, lâchés comme ils viennent et comme ils partent, sans souci qu'ils soient gracieux ou non, des francs, des tout vifs et des heureux.

Voilà à peu près notre premier dialogue une fois dans le Bois, Georges et moi. J'ai des paquets de souvenirs qui me resteront tels quels dans la tête jusqu'au jugement dernier, si je vis jusque-là.

Mais ne parlons pas de jugement... même dernier !

Il y avait près d'une demi-heure que nous flânions, et l'on venait de laisser passer au moins quatre ou cinq minutes sans babiller :

— Dites donc? me demanda-t-il.

Georges lisant la lettre de Raymonde.

— Quoi?

— Comment va-t-on se promener?

— Qu'est-ce que nous faisons?

— Oui, mais comment?

— Oh ! pas de programme.

— En cousins, en camarades, en flirts, en amoureux, en...?

— Oh ! pas de classification arrêtée d'avance.

— Bon. Laissons faire, et plus tard...

— Nous rentrerons dans celle que nous pourrons. D'ailleurs, me hâtai-je d'ajouter pour ne rien engager dans la suite, qui sait si l'on se reverra?

— Vous êtes gaie, vous !

— Non ; mais si, avant la fin de la promenade, je ne vous plaisais déjà plus, ou beaucoup moins?

— Ou si c'était moi.

— Par conséquent, on se promène... comme on se promène... C'est si bon de marcher sans but, de parler sans intention, de se taire quand on en aura envie, d'être soi...

— Sans se connaître.

Alors, m'ayant obligée à m'arrêter — nous étions sous un superbe bouquet de peupliers de la Caroline dont les hautes branches et le feuillage mobile, très découpé, en se penchant, se reflétaient dans de l'eau à nos pieds, — il me serra le bras un peu et se tournant bien dans mes yeux, poitrine à poitrine, très simple, d'un ton que je n'oublierai pas :

— Mademoiselle dont je ne sais pas le nom et qui ne savez pas le mien, me dit-il, il me semble que je vous aime déjà beaucoup.

— Chut ! essayai-je de faire, mais ce *chut!* resta sur mes lèvres, car il me parut un peu ridicule.

— *Il me semble...* ai-je dit ! corrigea-t-il.

Oui, décidément, le *chut!* eût été du mauvais théâtre.

Georges et moi, voilà tout ce qui exista au monde, dans ma pensée, dans mon sentiment des choses.

Et, debout sous les grands carolins qui bruissaient un peu, le bras au bras, mais les yeux aux yeux, nous étions honnêtes et nous étions sincères, émus comme on ne l'a peut-être jamais été depuis dans des moments bien plus passionnés.

Ce ne fut pourtant qu'en nous quittant, tout à la fin de cet après-midi de plein air, qu'il me donna un baiser, un joli baiser sur le coin de la joue.

On fut assez fier pour ne pas se fixer de rendez-vous, mais on avait échangé des initiales et des adresses de bureau restant.

Coup sur coup il envoya trois lettres. A la quatrième il me disait son nom et sa véritable adresse ; j'avais déjà répondu une fois. Il me manquait terriblement, je me mourais maintenant à la maison,

j'acceptai la tasse de thé qu'il me suppliait de venir prendre dans son atelier— car il était peintre, — boulevard Arago, au diable, au fond de jardins d'où l'on voyait des tas de religieuses qui passaient leur temps à jouer au crocket entre elles.

Je le fis par reconnaissance pour notre balade du jour des courses.

Tant il est vrai que nous voyons les choses autour de nous au travers de nos dispositions et de nos états du moment : car ce jour-là je me suis promenée dans des coins du Bois que je n'ai jamais retrouvés depuis, j'ai vu des pièces d'eau et des futaies que je n'y avais jamais vues auparavant.

***

Je dois dire que Georges n'a pas été mon premier amant. Un des amis de mon père, M. Fontin, m'avait fait une cour patiente et sérieuse. Un jour que je m'ennuyais, je lui cédai. Aucun souvenir agréable, d'ailleurs ; je ne pouvais aimer cet individu qui prétendait me garder bourgeoisement pour m'épouser un jour.

— Non, lui assurai-je, ne m'épousez pas, je vous tromperais au bout d'une semaine, vous manquez de fantaisie, et la fantaisie, pour moi, c'est tout dans la vie !

Lui, épaté :

— Alors, pourquoi m'avoir choisi?

— Mon Dieu ! cette formalité de la *première fois*, il me fallait bien l'accomplir : alors, autant tout de suite, pour en être débarrassée plus tôt. Je vous ai donné la préférence, j'ai donc été très gentille ; dites-moi merci, et ne perdons pas un temps précieux. Si vous avez de la reconnaissance, vous ferez une belle affaire avec papa qui n'a pas eu l'occasion de travailler depuis trois mois. Il a même été assez malade, vous savez.

Ce M. Fontin et mon père pratiquaient d'habiles coups de cartes dans les salles de baccara des casinos d'hiver et d'été. Ce sont eux qui ont perfectionné le truc de *l'emplâtre*, un des meilleurs de leur répertoire. Les joueurs me sauront gré de le leur expliquer en quelques lignes, et je mets au défi, après cela, les pontes les plus honnêtes de ne pas l'essayer pour de bon.

lorsqu'il y aura une vingtaine de mille francs sur le tapis.

Il suffit de subtiliser une carte quelconque dans sa manche, sitôt le point annoncé, juste au moment où on lance dans le chapeau les cartes désormais inutiles. Dès qu'on en a neuf, on se lève, on va au lavabo préparer sa *séquence*. En revenant à la table, il y a des chances pour qu'on dise : *une suite* ! parce que l'enjeu est trop gros et que, perdant et surtout gagnant, le banquier préfère une nouvelle taille.

Alors, d'un air indifférent, le pontouvrier déclare : *Je la vois*. Il prend donc place au fauteuil présidentiel et, sous le prétexte de desserrer les cartes, trop tassées, il applique au-dessus son *emplâtre* avec la main droite bien à plat.

S'il est malin, personne n'a rien vu. Le coup donné, il ramasse et s'en va en disant:

— J'en ai eu, un culot. Je ne recommencerai plus, c'est trop hasardeux.

Mon père est particulièrement calé sur l'*emplâtre*, et M. Fontin le vaut presque.

Ah ! si Georges savait quelle drôle d'éducation j'ai reçue (il ne me lâcherait pas, parce que c'est un garçon admirable) ; je suis très sûr qu'il entreprendrait de faire de moi une honnête fille. Comme il aurait tort ! En tout cas, remettons cela à plus tard, lorsque j'aurai les cinq cent mille francs nécessaires pour voir venir.

Je toucherai déjà cent cinquante mille à ma sortie de prison ; ils sont chez le notaire, sous une enveloppe cachetée... Mon père ne s'en doute même pas, et je vais vous raconter comment je me les suis procurés, puis le moyen dont j'ai usé pour leur trouver un abri provisoire des plus sérieux.

J'aurai payé ma dette à la société à l'expiration de mes quinze mois de prison, nul n'aura plus le droit d'intervenir dans mes petites affaires et, après tout, combien y en a-t-il d'autres, dont on ne se méfie point, qui n'ont pas le droit d'en dire autant !

****

Un Parisien très connu, M. O..., se trouvait avec sa petite amie à Monte-Carlo, et ils jouaient assez gros jeu, l'un et l'autre, au trente et quarante.

J'étais derrière eux, je m'amusais à les voir jeter des billets de vingt-cinq et de cinquante louis sur la rouge ou la noire... Ils essayaient ce qu'on appelle le coup de *deux* : dès que la rouge passait, ils jouaient la rouge... puis ils attendaient. Si la noire gagnait, ils jouaient la noire... Malheureusement, c'était tout le temps l'intermittence, et ils arrosaient chaque fois. En une demi-heure, ils étaient ratissés, nettoyés.

— Il me reste encore une belle petite pièce d'or, dit M. O..., en tirant un louis de la poche de son gilet. On va la mettre sur un numéro plein à la roulette.

— Allons-y, répondit gaiement la femme.

Je les suis, ils étaient drôles à observer. La bille est lancée, le type jette son louis sur le 23, qui sort.

... On lui donne sept cent cinquante francs... Il laisse cent cinquante sur le même numéro qui sort une seconde fois... On lui donne près de six mille... Il les met sur la rouge qui sort aussi... Je ne vais pas vous raconter tous les coups, mais, en une demi-heure, ils avaient gagné cent cinquante mille francs !... Elle jouait au tableau de droite, lui au tableau de gauche, et comme la petite suivait exactement le jeu de son ami, ils encaissaient double.

On faisait le rond autour d'eux, on les regardait comme des phénomènes, ils avaient l'air d'être les maîtres du Destin... Enfin, ils sortirent et on les suivit. Il y a des gens qui s'approchaient d'eux pour les toucher, d'autres qui les regardaient avec de grands yeux fixes écarquillés comme pour ne rien perdre de leurs traits, de leur aspect, et pouvoir dire : « Je les ai vus », — d'autres encore qui joignaient les mains comme s'ils contemplaient des saints en promenade sur la Côte d'Azur. Il était dix heures et demie du soir, qu'allaient-ils faire à présent ?

— J'ai soif, allons boire une bouteille de champagne au Carlton ! supplia la femme.

— C'est ça, on va se saoûler.

Cinq minutes après eux j'entrais au Carlton et m'installais modestement à une petite table.

Mes gens ne s'en tinrent pas à une bouteille, il y en eut une seconde et ils rajoutaient ensuite du poivre dans leurs verres. Ils allaient à l'abrutissement complet à une belle allure !

Les louis volaient en l'air, ils engraissaient les danseurs, le vieux poète qui va rimer de table en table des sonnets aux cocottes à raison de deux francs le vers, les petites soupeuses qui cherchent un compagnon, les mandolinistes, les tziganes, tous...

— Ce sera mon tour, cette nuit, pensai-je froidement. Ils ont trop l'air de m'oublier dans la distribution !

A deux heures trois quarts du matin, ils regagnèrent enfin leur hôtel, c'était heureusement le mien. Ils demandèrent leur clef au portier, je connus ainsi le numéro de la chambre qui allait avoir l'honneur d'assister aux faits et gestes de leur intimité un peu... pocharde.

Dans le milieu de la nuit — de la leur, — je fis mon affaire si facilement que je **ne** mets aucune gloire à dire que les cent cinquante mille francs en bons billets passèrent de chez eux chez moi comme une lettre à la poste. Jamais je n'ai vu des gens dormir et ronfler d'aussi bon cœur. Elle aussi ronflait, ce n'est pas élégant pour une femme...

Le lendemain matin je débarquais à Paris et j'allais chez un notaire ; je lui remettais une large enveloppe cachetée contenant la liasse de billets. J'avais

écrit dessus : « Testament de Raymonde G..., déposé chez maître ..., le 5 janvier 1907. » Eh bien! à ma sortie de prison je retournerai chez mon notaire, je lui dirai que je désire modifier ce testament : il me

Le vieux poète qui rime des sonnets aux cocottes.

rendra mon enveloppe et je placerai mes fonds où et comme il me plaira..

**

Non, ce n'est pas pour cette affaire-là que j'ai été arrêtée.

**

Une petite qui n'a pas eu de mère, qui n'a eu que son père — aux déjeuners seulement, — et les amis de son père; le reste du temps, des bonnes, quelques camarades, des maîtresses et des professeurs, n'a pas été une enfant comme toutes les autres.

Les déjeuners où je voyais papa ! Mais, le plus souvent, il lisait ses journaux tout en mangeant, ou, si nous avions une conversation ensemble, c'était quelque chose de ce genre :

— T'as bien dormi, la môme?

— Oui, p'pa.

— Pas de mauvais rêves?

— Non, p'pa.

— T'as été sage en te faisant habiller?

— Oui, p'pa.

— T'as disputé personne?

— Non, p'pa.

— T'as besoin de rien aujourd'hui?

— Si, p'pa.

— De quoi donc?

— De sous pour sortir tantôt.

Ce coup des sous, ça jetait toujours un froid. Il se replongeait dans son journal. Puis, brusquement, le café venu :

— Tu veux un canard?

— Merci, p'pa.

— Tiens, v'là vingt sous, lâche-moi le coude.

Je descendais de ma chaise et je me cavalais à la cuisine presser le mouvement pour la sortie.

Mais si mon père lisait ses journaux, mes bonnes lisaient leur feuilleton. Ça n'allait pas tout seul de les en arracher. Peu à peu, j'ai tellement vu tout le monde lire chez moi, que j'ai été enragée d'en faire autant. Je crois que c'est cela qui m'a d'abord donné un peu le goût d'apprendre mes lettres. Ensuite, quand j'ai su m'en tirer aussi bien que la cuisinière, moi aussi je lisais mon journal comme eux tous dans la maison. Cette manie-là n'a pas duré longtemps, parce que je suis devenue tout d'un coup très coquette. Dès lors, je ne m'occupai plus que de chiffons et de falbalas.

Cette coquetterie était due à l'entrée en fonctions d'une nouvelle femme de chambre, assez jolie — ce qu'on appelle une brune piquante, — et fort entichée d'élégance. En y réfléchissant ensuite, ceci me donna lieu de remarquer combien

j'avais été soumise, sans m'en rendre compte, aux influences passagères des allants et venants dans notre intérieur si peu habité.

Un seul être là-dedans me trouvait émue quand il s'agissait de lui et de ses faits et gestes ; c'était un petit fox-terrier borgne et drôlement tricolore : blanc, noir et feu. Je l'appelais Crap, diminutif de crapaud, nom dont le gratifiait mon père dans les premiers temps.

Il couchait sur ma descente de lit ; à table, il partageait mon assiette, se montrant toujours bon zig et prêt à jouer. Pour lui seul j'avais du plaisir à être bonne. Un jour, une auto lui passa dessus, j'en ai été malade, et nul cabot ne le remplaça. N'en parlons plus.

Avec la prétention de me consoler, une dame qui était très amie de papa me fit cadeau d'une cage contenant quatre petits oiseaux qui chantaient tout le temps. Rien de plus insupportable.

Mon premier soin, dès que je me trouvai seule en tête à tête avec eux, fut de leur ouvrir la porte de la cage, sur notre balcon : ils hésitaient. Les imbéciles! il fallut les forcer à reprendre leur liberté...

Mon père entra dans une grande colère lorsqu'il apprit la chose : c'est la seule fois que je l'aie vu sérieusement méchant. Il alla jusqu'à me menacer d'un bon fouet qu'il me ferait donner par Mathilde — c'était le nom de la brune piquante qui ne m'aimait pas, — et je lui répondis que tout cela venait à cause de Mme Lamare (la dame avec laquelle il était au mieux). Alors ma jalousie lui apparut si bien et cela le fit tellement rire que tout fut oublié.

Dans le fond, sans vouloir avoir l'air de rien, il en avait éprouvé autant de fierté que de gaieté, de cette jalousie de sa gamine pour lui! Plus tard, nous en avons reparlé ensemble, je lui ai rappelé la querelle ; il ne m'a point démentie.

Quelle sale bête, cette Mathilde ! Nous nous faisions toutes les deux une guerre sourde et sans merci. Nos chances dans cette lutte journalière se balançaient. Au début, elle m'avait acheté une poupée assez jolie. Je n'aimais pas les poupées. Mais pourquoi ce présent? De la part d'une de mes bonnes, je n'en concevais pas la raison et cela m'humiliait un peu.

Elle avait une correspondance fort importante sur du très joli papier, ma foi, à son chiffre, un M dans le coin, je ne vous dis que ça ! Puis, dehors, elle m'obligeait chaque fois de l'emporter, ma poupée. Sitôt dans un jardin, on s'installait sur des chaises, et des jeunes gens assez bien mis s'approchaient et commençaient la conversation avec elle. Je ne me gênais pas pour lui poser des questions qui l'irritaient, alors elle m'enjoignait de promener ma poupée.

Celle-ci dut son malheur à ces ordres réitérés et péremptoires ; je ne fis ni une ni deux, j'allai l'abandonner au plus épais d'un massif - - c'était aux Champs-Élysées, - - derrière le monument d'Alphonse Daudet, et je revins en déclarant avec aplomb que l'on venait de me la voler. Surprise, émoi, enquête. Rassemblement des gosses qui jouaient par là.

Un vieux gardien s'en mêle, décoré d'un tas de médailles en chocolat. Pour ma déveine, il m'avait aperçue en train de cacher derrière Alphonse Daudet la maudite poupée. Ce ne fut pas fini !

Devant un témoignage aussi écrasant, l'ignoble femme de chambre, qui, d'ailleurs avait toujours eu de très vilaines manières avec moi - - j'entends d'une familiarité déplaisante, - - osa me reparler de fouet bien mérité, pour faire croire à cet abruti de vieux garde et à toute la marmaille qu'elle me menait ainsi, et qu'elle avait sur moi ce droit-là !

Ça ne lui a pas profité. Pour une fois que papa venait dîner à la maison, par extraordinaire, il fit joliment bien de choisir ce jour même de préférence, vu que j'avais des communications très intéressantes à lui faire...

- - La chevalière que tu as perdue le mois dernier, sais-tu où elle est passée, p'pa? questionnai-je subitement, entre les pois et le poulet à l'estragon.

- - Non, pas du tout.

- - Et les beaux boutons de manchettes que tu as cherchés si longtemps, p'pa?

- - Non plus.

- - Et la pièce de cent francs de Monaco.

à laquelle tu tenais tant, as-tu idée de ce qu'elle est devenue, p'pa?

- - Ma foi non.

- - Il y aussi les boucles d'oreilles qui viennent de maman, les petits saphirs que tu devais me donner plus tard, quand je serai grande...

--- Mais pourquoi me dis-tu tout cela?

Comme le poulet faisait son entrée, il fallut attendre que nous soyons seuls.

- - Aussitôt je dis :

-- Tu demanderas à la poupée de Mathilde.

Mon père me regarda.

- - Qu'est-ce que tu racontes?

- - Parfaitement...

Je pris un temps, puis scandai bien chacune de mes paroles :

— P'pa, cette brave Mathilde sait où ça est, tout ça : la chevalière, la pièce de cent francs de Monaco, les beaux boutons de manchettes et les petits saphirs... Puis je me mis à rigoler comme une marionnette qui se tord.

Mon père m'avait comprise : il ne lui en fallait pas la moitié pour comprendre, et, deux jours après, la Mathilde s'en allait à la douce, sans musique, une fois sa malle vidée.

--- Pourquoi tu ne l'as pas menée au commissaire, p'pa?

Cette fois, mes interrogations avaient lieu au déjeuner.

— Ce n'était pas la peine.

-- T'aurais dû la faire arrêter tout de suite ! Elle t'avait volé, pas?

- - Bien sûr qu'elle m'avait volé.

- - Alors elle méritait d'être coffrée.

- - Bah ! faut être indulgent... Tu vois déjà qu'elle n'a pas beaucoup réussi. Elle doit en être assez ennuyée comme ça...

- - Moi je l'aurais envoyée en prison !

--- Tu es impitoyable maintenant, souriait-il. Tu ne le seras peut-être pas autant plus tard. Les points de vue changent bien, tu sais...

Il avait raison !!

D'ailleurs, en même temps que l'on se défaisait de Mathilde, je m'étais débarrassée de la poupée que je fourrai dans une bouche d'égout, tout près de chez nous, bien enveloppée dans un journal.

La camériste qui la remplaça me plut au

contraire beaucoup ; tout de suite je l'aimai. Elle se nommait Emilia, et j'étais très contente de l'embrasser. Tout ce qui me répugnait ou m'offensait tant de la part de l'autre en fait de familiarités, je l'aurais volontiers passé à celle-ci.

J'avais aussi de petites amies et de petits amis, mais je ne les trouvais pas amusants. Je préférais être seule.

Un jour, aux Tuileries, cependant j'appelai, pour jouer avec moi, un peu loin d'Emilia, trois ou quatre galopins et fillettes dont les manières délurées me séduisirent. En les accostant, je leur demandai si, de venir avec moi ils ne se feraient pas gronder par leurs bonnes.

— Ben quoi, des bonnes ? Penses-tu que nous avons des bonnes, nous autres ?

— Et alors ? fis-je ébahie.

— Alors, ben, nous nous dirigeons tout seuls, nous sommes libres, nos parents travaillent, ils nous croient en classe... Mais nous nous instruisons nous-mêmes, tu vois, en nous baladant dans Paris.

— Ça doit être amusant ! fis-je, émerveillée.

Mais Emilia vint m'enlever à mes nouveaux compagnons. Ce qui était différé n'était pas perdu.

* *

— Tu es rigolotte, toi ! m'a souvent dit mon amoureux. Pour une jeune fille du monde, on te laisse aller seule, je peux t'emmener au théâtre le soir...

— Dans des baignoires de fond, mon vieux.

— Enfin, tu as tout de même une drôle de famille !

— Les jeunes filles élevées par des veufs sont toujours plus libres que les autres... Et puis, mon père est joueur, il passe ses nuits au cercle, tu as tort de te plaindre.

— Je ne me plains pas, je suis ravi, au contraire...

Et c'est vrai qu'il est ravi, il trouve ça commode comme tout d'avoir pour maîtresse la fille d'un viveur qui n'est jamais chez lui, qui s'absente même des trois et quatre jours de suite... Car j'ai déjà découché, et, ces nuits-là, Geor-

— Mon père est joueur et passe toutes ses nuits au cercle.

ges n'a pas trouvé mauvaise la liberté qu'on me laissait de temps à autre.

Ah ! la liberté, c'est bon ! Dès l'âge de douze ans, aussitôt après le départ d'Emilia, je faisais déjà partie d'une bande de sales gosses qui chipaient des jouets dans les bazars. On s'appelait : « Les enfants de la Lune ». Puis, comme plusieurs se firent pincer et envoyer dans des maisons de correction, on se reconstitua sous la direction de Louis Lecomte, un gaillard épatant qui nous enrôla à sa manière :

— Vous n'êtes plus : « Les enfants de la Lune », vous êtes maintenant : « Les Cochons Rouges » et je suis votre chef !

Mon père, ayant confisqué une lettre

de mon nouveau « chef », me gronda très fort :

— Tu es folle ! Tu vas te faire ramasser et tu seras perdue pour toute ta vie. A quoi ça te servira? Fais-moi le plaisir d'aller à l'école et, dans six ans, je ferai quelque chose de toi. Ne perds pas ton temps à des bêtises si tu veux devenir quelqu'un...

Alors je m'appliquai à apprendre beaucoup de choses.

On m'avait enlevé ma petite Émilia parce que mon père la trouvait trop mignonne avec moi et disait qu'elle m'énervait — c'est par l'autre domestique que je l'ai entendu raconter à la blanchisseuse qui venait chercher le linge, un jour où l'on ne me croyait pas là. — On m'avait défendu de faire partie des « Cochons Rouges » ou de toute autre association similaire, à cause du danger inutile que cela pouvait me faire courir : il me fallait donc quelque autre chose qui m'occupât, car je grandissais. Je me jetai à corps perdu dans l'étude pour patienter et me préparer à accomplir mes destinées.

Même à mes heures de récréation, je lisais — non plus le journal, comme à l'époque, pour singer les grandes personnes, mais les livres de toute espèce. Des bons et des mauvais, bien sûr. Les pires avec les meilleurs.

Ils instruisent tous. L'amour, les aventures, la grivoiserie. J'épuisai indistinctement les différents genres, Dubut de Laforest avec Stendhal, Mayne-Reid, Baudelaire, Armand Silvestre, Hugo, Lamartine et Decourcelle, Mendès et Eugénie de Guérin, Balzac et Maizeroy, Tolstoï et Jean Lorrain.

Ce que j'en ai dévoré de ces bouquins ! De quatorze à dix-huit ans, ma consommation fut effrayante.

Hé, oui ! avant d'être souris d'hôtel, j'ai été souris de bibliothèque...

L'une ne mène pas forcément à l'autre ; mais les paroles de mon père m'avaient donné à cœur d'être savante. Car je l'aimais beaucoup mon père !

Mon obscure jalousie de gamine à propos de cette Mᵐᵉ Lamare, certainement sa maîtresse, s'était muée en une réelle admiration pour lui et en quelque chose de

mieux aussi, de plus délicat, de plus tendre ; je devinais qu'il avait dû être très malheureux au commencement de sa vie d'homme, sans doute très mal compris dans son entourage, et qu'il y avait en lui, tout au fond, quelqu'un qu'il avait dû cacher pour toujours, quelqu'un qui valait infiniment mieux que ce qu'il paraissait être à la surface.

Je tiens pour assuré, sans contestation possible, que mon père était non seulement une nature d'élite, mais encore un esprit supérieur.

Son existence avait commencé dans le bien-être et dans le luxe, en province, au sein d'une famille ayant toute la considération du pays - - ce qu'on appelle une vieille famille avec une vieille fortune. De fort bonne heure il avait eu de terribles drames féminins qui l'éloignèrent et lui firent prendre le parti de voyager pendant plusieurs années ; c'est ainsi qu'il avait visité l'Italie, l'Allemagne, la Russie, la Hollande, l'Égypte et le Chili.

Au retour, s'étant marié, il devint veuf presque aussitôt ; alors, m'ayant trouvé une nourrice, il s'était remis aux cartes, qu'il ne quitta plus. D'autres ont l'alcool, la morphine, l'éther, l'opium ; pour lui, de cartonner, ça lui tenait lieu d'anesthésique. Chacun se donne le compagnon de voyage qu'il peut. Il ne voulait plus, me répétait-il parfois, penser, ni se souvenir ou réfléchir. Il avait l'air de chercher à abréger sa vie le plus possible en s'éreintant à noctambuler.

Puis, avec nous deux qui ne nous en inquiétions pas plus l'un que l'autre, la maison était un joli gouffre d'argent. Les cartes lui en enlevaient, lui en redonnaient ; enfin on vivait.

Je devins très forte en calcul, en géographie et en littérature. Mes professeurs me trouvaient une imagination extraordinaire. Ils me poussèrent à passer mes examens.

J'obtins mon brevet supérieur avec félicitations, puis mon diplôme de fin d'études secondaires, et mon père pleura de joie.

Le soir même il me tenait ce discours :

— Raymonde, je vais t'apprendre une chose...

— Laquelle?

— Le bien des sots est la propriété des gens de mérite.

— Le bien des sots?...

— Oui, grave-toi cela dans l'esprit.

— C'est fait.

— Les sots, c'est tout le monde...

— Et les gens de mérite, c'est nous?

— Tu comprends déjà à quoi je te destine.

J'écarquillai les yeux. Mon cœur battait un peu.

— Mon enfant, je te destine à la fortune, tout simplement. Il faut être ambitieuse et adroite, si tu veux arriver. Nous commencerons demain.

— Ambitieuse et adroite?...

Au fond, j'avais dans l'idée que je l'étais déjà pas mal.

Le lendemain, mon père me raconta des histoires de voleurs. Il en savait de fort jolies. Notamment une histoire anglaise où il était question d'une charmante jeune fille de mon âge qui avait substitué une liasse de papier blanc à une liasse de bank-notes représentant une somme considérable.

— Ça, c'est épatant ! fis-je, enthousiasmée.

Une autre histoire me plut beaucoup. Il s'agissait d'une jeune femme qui louait une chambre dans un somptueux hôtel de Monte-Carlo.

Elle avait soin de payer d'avance, ayant, disait-elle, un train à prendre de très bonne heure.

Le matin venu, au petit jour elle entrait carrément dans les chambres des voyageurs, grâce à un trousseau de fausses clefs, et elle emportait les vêtements. Si on se réveillait, elle ne se démontait pas :

— Je suis la bonne, disait-elle, je viens prendre vos effets pour les brosser.

Les gens la laissaient faire, retournaient la tête sur l'oreiller et se rendormaient confiants. D'un coup d'œil elle avait vu ce qu'il y avait à ramasser sur la cheminée : pièces d'or, bijoux, portefeuille.

Elle allait ensuite vider sur son lit les poches des vêtements, rapportait ceux-ci — ou ne les rapportait pas, je ne me rappelle plus, — et un quart d'heure après elle quittait l'hôtel.

— Qu'en dis-tu, Raymonde?

— Admirable, papa, c'est admirable !

— Ça, c'est du gentil travail, mon enfant. On n'est pas des voleurs, on est des artistes. Dans quatre ans, on se retirera après fortune faite, comme le fameux Rafinat, ou comme Piednoir, qui vécut en Hollande sous un nom d'emprunt, entouré de considération et de tulipes.

CHAPITRE II

JE PENSE A GEORGES

Qu'est-ce qu'il peut bien devenir, mon Georges, pendant que je suis bouclée à Clermont?

La première fois que nous avons échangé nos prénoms, quand il m'a dit qu'il s'appelait Georges, je me suis écriée :

— Tiens ! Comme Clemenceau !

C'était stupide, je m'en suis beaucoup voulu, car d'après M. Fontin, Clemenceau serait tout le temps fourré au foyer de la danse, à l'Opéra, et avec ça on lui doit l'abominable réglementation des Cercles qui gêne tant papa et tous ces messieurs.

Mon Dieu ! pourvu qu'il ne m'ait pas oubliée, mon Georges, le mien !

Il y a une façon d'oublier une femme qui doit être atroce, la pire de toutes, je pense : on peut songer à elle tout en l'oubliant peu à peu.

De même, après une longue absence, arrive-t-il à certaines gens de rentrer chez eux presque en étrangers.

— En pareil cas, — disait Mme Lamare, la bonne amie de papa, quand elle se disputait avec lui à ses retours de Carlsbad ou de Spa, — c'est la mémoire des riens qui est tout !

Elle avait raison, Mme Lamare.

Si mon Georges n'allait presque plus se souvenir des coins favoris qu'on lui garde, de nos tas de petites choses?

Il y a pourtant un dessous d'oreille gauche qui est exclusivement à lui.

Et le bout du menton, pour y frotter le sien?

Et puis, la saignée des bras, qu'il me faisait étendre pour y passer là lentement, lentement, l'effleurement de ses lèvres : un rêve. une langueur...

O Georges chéri, chéri Georges !

* *

Un artiste, vous pensez dans quel monde il vit !

Lui est sérieux, mais tout son entourage ne l'est pas. Oh ! très sérieux.

D'abord, c'est un peintre qui peint — ce qu'ils ne font pas tous, — et il vend sa peinture, ce qui ne leur arrive pas, aux autres.

Ensuite, au lieu de perdre son temps au café, avec une pipe dans la bouche, des cartes dans les mains, il se fait des relations. Il m'aime pour mon indépendance et pour mon honnêteté, qu'il ne retrouverait pas tout de suite dans le pas d'un cheval, même d'un cheval de courses, en retournant à Auteuil.

C'est bon une fois, cette chance-là. Quand on la tient, il faut fermer la main dessus, pour moi aussi bien que pour lui. Un amour dans mon cas, c'est autrement sérieux qu'un mariage.

Je le lui ai dit au moment de commencer notre roman.

— Tout ce que je vous demande, c'est de m'avouer si vous êtes joueur ? Car, voyez-vous, aimer un joueur, jamais de la vie !

— Je croyais, Raymonde, que vous aimiez beaucoup votre papa ?

— A moins que vous ne teniez à ce que je vous aime de cette manière-là ?

Non, il n'y tenait pas trop.

Bref, à mon avis, quand on est joueur, on est forcément malheureux et quand on est malheureux, on est joueur.

— Mais votre Georges, il joue aux courses ! me direz-vous.

Entendu ! Seulement les courses, ça ne vous prend que dans le milieu du jour. Tandis que cartonner, ça ne vous lâche guère avant le milieu de la nuit... Alors, à demain l'amour ! — et demain, c'est jamais.

* *

Je n'ai jamais trompé Georges.

Je ne me donne pas pour meilleure que nature : j'en ai eu l'occasion, je n'en ai jamais eu l'envie. Bizarre, mais vrai.

Donc, gare à lui, lorsque je sortirai, si je le rencontre à l'Abbaye de Thélème avec une femme ! Je ne le raterai pas : une gifle pour lui, bien appliquée, et une bouteille à la tête de sa maîtresse.

Voilà l'ordre et la marche.

Je ne serais peut-être pas où je suis si je l'avais moins aimé : j'entends avec moins de fierté, moins de souci de notre dignité, moins d'inquiétude de toujours rester son égale.

Du commencement à la fin j'ai voulu être, pour lui, une jeune fille de bonne famille et bien élevée, se donnant à lui par simple goût d'amour et rien d'autre.

J'y ai mis mon point d'honneur.

L'héroïne du *Voleur*, de Henry Bernstein, vole pour ne pas demander à un amant riche ce que son mari ne peut pas toujours lui offrir. Moi, je m'introduis à des heures terribles dans des chambres de voyageurs, et je fais ma récolte d'argent ou de bijoux qui traînent, afin de dispenser mon amant de m'entretenir sur le pied qui m'est nécessaire.

Convenez que c'est d'une nature délicate !... Car je risque gros chaque fois.

En premier lieu, j'opère toute seule et sans endormir ceux qui reçoivent ma visite ; le chloroforme et autres procédés du même genre, c'est sale, ça frise déjà l'empoisonnement, le meurtre...

Vous voyez d'ici ce que cela a de périlleux pour moi.

J'aime le danger, c'est entendu ! Mais tout de même, il y a des nuits où je ne souhaite à personne d'être dans ma peau. Et cependant, ces nuits-là, il faut quelquefois travailler malgré tout, parce que le lendemain l'oiseau serait envolé.

On parle du trac de l'acteur qui entre en scène ou du chanteur qui va paraître devant le public !... Eh bien ! et mes angoisses, les avez-vous jamais éprouvées ? Est-ce que vous pouvez seulement vous les figurer ?

Croyez-vous qu'il n'y ait pas une foule de données dont on ne soit obligé de tenir compte ? Autre chose est, pour moi, de travailler par certains temps et de travailler par certains autres : question de pression atmosphérique. Chez mes « clients » comme chez moi, la tension artérielle augmente, la nervosité s'accentue. Eux ont plus de tendance à l'insomnie, et moi, je tiens moins ma respiration ; on peut même percevoir les battements de mon cœur.

Et puis je redoute les sujets atteints de certaines affections : les dyspeptiques, les neurasthéniques et pas mal d'autres...

Parlez-moi plutôt des bons pochards et des tripoteurs de cartes : dès que c'est dans son lit, ça tombe et ça ne bouge plus !

A ce point de vue-là, j'avoue que je dois une grande reconnaissance au Dr Maurice de Fleury, dont j'ai étudié les bouquins sur les nerveux et sur leurs maladies : il m'a fourni de précieuses indications pour m'éviter les plus graves insuccès auprès de toute cette catégorie de gens, si nombreux, particulièrement dans les villes d'eaux.

Grâce à lui, je me suis épargné pas mal de ces transes abominables qui vous feraient jurer sur le moment de ne plus jamais recommencer.

Voilà bien une complicité dont il ne se doute pas, et qu'il apprendrait tout le premier avec un certain ébahissement, j'imagine !

Quoi qu'il en soit, il y a encore trop de mauvais quarts d'heure à passer. Lorsque je sens, par exemple, que mon·dormeur s'agite, va se réveiller, qu'il est inquiet, repousse le bord de la couverture et sort de son sommeil, qu'il a du mal à le reprendre, parce que je l'ai interrompu en faisant crier le parquet, ou en ne modérant pas assez mon souffle, en faisant tinter tout juste un pied de flambeau ou un verre de globe... (il en faut si peu !).

Je vous prie de croire que je suis alors dans des affres effroyables ! Que va-t-il arriver?... Sera-ce pour cette fois?... Réussirai-je à filer ensuite? L'autre peut avoir envie de lire, de fumer une cigarette, de regarder l'heure... S'il tourne le commutateur électrique, je suis perdue...

*
* *

Cela m'est arrivé une fois. Je ne m'en suis pas vantée à l'auteur de mes jours.

Horrible souvenir !

L'hôtel était tout ce qu'il y a de plus

maison de confiance, c'est-à-dire peu à la coule pour ma petite industrie.

Mon sujet, choisi depuis l'avant-veille et bien observé, étant un vieux monsieur sanguin, un peu apoplectique, une tête de singe à favoris blancs avec grosse lippe en bourrelet et des yeux en coquilles de noix. Je m'insinue avec la plus grande facilité dans sa chambre.

A l'étage au-dessus, des ronflements. A droite, à gauche, de minces cloisons que faisaient vibrer d'autres ronflements. C'est peut-être même cette musique d'oreiller qui empêchait mon bonhomme de dormir.

Comment me suis-je trahie? Comment m'a-t-il devinée? Je l'ignore.

Tout d'un coup, pendant que je travaillais avec toute la prestesse et la dextérité dont je suis capable, crac ! j'ai senti qu'il y avait du mauvais pour moi dans ce lit.

Chopée? Bah ! tant que ça n'y est pas... Mais c'est dans ce moment-là qu'il ne faut pas perdre la boule. Le plus souvent on s'en tire, on peut s'en tirer, à force de sang-froid, de ruse, d'habileté, de patience : le moindre détail est votre perte ou votre salut, et le même, selon que vous savez en profiter, vous perd aussi bien qu'il vous sert.

J'ai eu beau suspendre immédiatement mon travail, me confondre dans l'angle d'un meuble avec le tapis du parquet, ne pas respirer, faire moins de bruit qu'un grain de poussière, le monsieur avait rallumé !

Me voilà encore plus petite dans mon coin. Comme une invraisemblable méchanceté du destin, une accalmie se faisait dans les ronflements qui venaient d'ébranler le voisinage.

Je ne pouvais voir mon ennemi, mais je suivais tous ses mouvements, grâce à la singulière acuité des sens que donne le péril en certains cas ; il ouvrit le tiroir de sa table de nuit d'un geste assuré et méthodique ; j'entendis parfaitement qu'il sortait son revolver de l'étui : il n'y avait pas à s'y tromper, puis...

(La minute d'après me parut une éternité par rapport aux précédentes, déjà si longues !)

Puis je l'aperçus qui, se haussant peu à

peu sur son séant, me regardait par-dessus la barre en cuivre du lit.

Oh ! la vilaine tête !

. . . . , ...

— Tiens, une petite souris ! Une gen-

Comme je me relevais pour m'en aller sans demander mon reste, il me dit, toujours de la même voix flatteuse, mielleuse, toute sucrée :

— Si vous vous en allez ainsi, je vais appeler le gros chien ratier de l'hôtel, et

tille petite souris ! fit-il d'une voix très douce.

(C'était un vieux monsieur, je vous l'ai dit.)

— Vous êtes rudement gentille de venir me dire bonsoir ! Ne vous cachez donc pas comme ça... Je ne suis pas méchant, je ne vous mangerai pas...

il va vous croquer et vous avaler... Tandis que si vous êtes une brave petite souris noire qui veut se laisser apprivoiser, je vous donnerai au contraire un joli souvenir... Allons, approchez, qu'on vous voie.

Je m'approchai, résignée. Comment faire autrement ?

— Elle est ravissante !... Racontez-

***

moi donc pourquoi vous êtes si noctambule?... Moi, je m'embête dans la vie : à mon âge, on n'a plus guère d'émotions, ou plutôt on les a eues toutes... Mais celle-là, je ne la connaissais pas, et j'avoue qu'elle a du piment! Oui, oui, elle en a... Venez vite bavarder à côté de moi.

Oh! je l'ai payée chèrement, ma liberté! Mais il y a des instants où il faut s'exécuter, si on ne veut pas l'être par les autres. M. Fontin était un Adonis, un amoureux jeune et désirable, en comparaison de mon astucieux gorille.

L'homme, quand il est le plus fort, peut-il descendre, pour son plaisir, à une muflerie aussi basse?

Cauchemar! cauchemar!...

Qu'il eût été bon de pouvoir lui chauffer son revolver et appliquer le canon, froidement, entre ses deux coquilles de noix, en lui disant :

— A mon tour, à présent, de faire mes conditions! Commence par te mettre à quatre pattes...

Hélas!... Eh bien! je n'appelle pas ça tromper mon fol amant. Mais, tout de même, ça m'a fait de la peine.

Je me défie de ces vieux-là, à présent.

Je me souviens que, huit jours après, je suis allée voir Georges dans son rez-de-chaussée, et qu'il m'a dit en blaguant :

— Tu ne m'as jamais trompée?

(C'est drôle, les coïncidences, les demi-pressentiments!)

J'ai juré que non, sur sa tête, mais je sentais très bien que je n'avais pas mes bons yeux de franchise qui lui faisaient me dire souvent :

— J'adore ton regard si clair, si loyal, si jeune fille!... Tu as des yeux d'enfant. Je t'adore, tu es l'étoile de ma vie, une espèce d'ange...

C'est gênant quand il va trop loin. Je ne le trouve pas bête de me dire de si jolies choses, mais ça m'est désagréable — surtout les lendemains de mes exploits.

Alors, je lui répondis :

— Mais non, je ne vaux pas mieux que les autres, je suis un petit chameau... Tu me donnes trop d'importance.

— Si tu veux, mais tu es mon petit chameau à moi, et tu verras le joli voyage que nous ferons ensemble dans ce sale désert de la vie!

Il n'avait pas fini sa phrase que, pour le remercier, je lui donnai une délicieuse épingle, une perle que j'avais rencontrée je ne sais où.

— Tu es folle, Raymonde! C'est une perle d'au moins trois mille francs... Garde-la... Tu l'as prise à ton père, hein?

Cette fois, je vis rouge, je lui envoyai une gifle. Quoi? Il m'accusait de voler!

— Pas du tout, cette perle me vient de maman... Elle était si mal montée en bague... Et puis, rassure-toi...

Il faisait une figure!

— Oui, rassure-toi, repris-je en me tordant, elle est fausse.

Pauvre chéri!

— Si elle est fausse, je l'accepte...

— Une fausse perle, grande brute! Je l'ai payée treize francs. On solde toute la vitrine de la boutique de la place de l'Opéra... Pique-la sans remords dans ta cravate.

Il la piqua de confiance, au beau milieu de son plastron, en riant de ma gaminerie.

— Et donne-moi un sou, Georges, je suis superstitieuse!

*
* *

A propos de superstition :

J'étais allée faire une tournée dans les Pyrénées, du côté de Luchon. Mais je n'y trouvais rien à faire et je regrettais déjà mon déplacement, lorsque je découvris une occasion qui me parut excellente.

L'affaire devait se « traiter » à Capvern.

Il s'agissait de deux personnages d'une cinquantaine d'années environ, accompagnés d'une jeune fille, probablement la fille de l'un, la nièce de l'autre.

Nous laissâmes donc, par un temps superbe, Luchon et les allées d'Étigny, la neige reluisant au soleil sur la montagne, pour la région désolée du plateau de Lannemezan, où l'on n'aperçoit à perte de vue qu'un sol gris, une herbe grise et sèche, des arbres rabougris, sans vie.

Capvern est une toute petite station thermale perdue sur ce plateau; on y vient soigner « ses voies digestives et toutes affections catarrhales des voies biliaires, urinaires », comme dit le prospectus. Mais on y joue énormément. C'est un de ces coins où l'on est tranquille pour « travailler ».

J'étais montée dans le même compartiment que mes gens, et je feignais de dormir. Cette pauvre jeune fille, comme je la plaignais d'escorter ces deux vieux personnages dont l'existence se passait à boire de l'eau le matin et à faire leur partie le soir, pendant qu'elle écoutait la musique ou feuilletait les illustrés !

On arrive. Une petite gare de bourgade campagnarde, quelques voitures crottées, des omnibus, trois kilomètres à faire pour arriver à la « ville d'eaux », par une route de fondrières, bordée d'arbres d'un vert intense, faisant berceau.

Les thermes, et l'hôtel du Casino, tout en marbre. Une seule rue longue, longue. Vue splendide. Allée de beaux chênes. Marchands de collets, jupons et fichus en tissu des Pyrénées, bazar de souvenirs des Pyrénées : porte-monnaie en peau de chamois, coupe-papier à tête d'isard, cannes, porte-cannes, presse-papiers, etc. Bref le décor prévu.

Dans l'après-midi, tziganes. On dîne de bonne heure, et puis tout de suite à la partie. Les deux premiers soirs, mes types jouèrent comme des savates. Chacun perdit trois mille francs.

Le troisième soir, par exemple, ils se rattrapèrent. A minuit, ils avaient ramassé dans les vingt mille.

Comme, bien que je suivisse leur jeu, je ne savais pas encore s'ils avaient fait la bête pour endormir le ponte et nettoyer ensuite le tapis plus à leur aise, ou si c'était simplement un coup de veine, je jugeai qu'il valait mieux agir sans différer.

Vingt mille, après tout, ça en valait la peine. Pour chambres, ils avaient les nᵒˢ 21, 22, 23. Je savais que le 21, c'était le monsieur au grand foulard blanc, celui qui gardait l'argent.

J'opère donc avec mes précautions habituelles, et j'entre au 21...

Tout de suite une fine odeur de parfum me met en méfiance.

Aurait-il ramené une femme avec lui, cette nuit, le foulard blanc? Je croyais qu'il ne connaissait que les verres d'eau et les coups de cartes !

Et puis, en famille, à deux pas de sa fille, ce serait dégoûtant ! Jamais papa n'a fait cela, lui.

Une autre chose me dérange : voilà qu'en se couchant il a laissé les grands rideaux ouverts à sa fenêtre, et les persiennes laissent filtrer un peu de clarté !

Ce n'est guère le fait d'un homme qui se pieute à deux heures du matin. On n'aime pas, en général, laisser entrer de la lumière dans sa chambre quand on s'endort tard, abruti par une longue tension d'esprit, la chaleur d'une salle, un éclairage plutôt violent, etc., etc.

Enfin, je suis dans la place, il faut y rester et procéder à mes petites investigations. Allons-y carrément !

Sur la cheminée, sur la console, ni portefeuille, ni porte-monnaie... Ah ! ça c'est drôle. Ici, une petite table... rien non plus. Et sur l'étagère? Pas davantage.

Je n'aime pas beaucoup ouvrir les armoires à glace, c'est presque toujours pas assez huilé et ça crie...

Revenons à la cheminée, j'ai peut-être mal exploré. Mais non... Si, quelque chose... une boucle de ceinture, des épingles... Tiens, tiens !

C'est tout. Il faut aller à la table de nuit...

La respiration est bonne, un peu légère, oui un peu bien légère tout de même... cependant d'une régularité rassurante.

Doucement... sur la table de nuit, un ruban, un flacon, d'autres épingles, une montre — toute petite avec un sautoir... Toujours pas un seul objet dénonçant la présence d'un homme !

Je me décide à me rapprocher un peu : j'ai l'habitude de l'obscurité, ma vue la perce assez bien ; en outre il y a une vague pénombre blanchie par un peu de lune au travers de ces persiennes : une seule personne est dans le lit, j'en suis sûre à présent.

Alors je vais aux vêtements que j'explore : moitié tâtonnant, moitié devinant des yeux, je constate que sont ceux de la jeune fille ; aucun doute possible.

Jugez de mon embêtement ! Encore une affaire manquée. La série ! J'en étais consternée. Il n'y avait plus qu'à s'en aller.

En glissant vers la porte, près du lit, je regardai la jeune fille et tâchai de la voir, de distinguer ses traits. Son sommeil était d'un calme !

Ses longues nattes brunes retenues par un ruban retombaient lourdement sur ses oreillers. Autour du bras droit qui pendait, s'enroulait un chapelet...

Elle aussi était la fille d'un joueur. Elle aussi ne menait pas la vie de famille, mais celle des casinos et des hôtels, des gares, des buffets, des express, des musiques dans les parcs de villes d'eaux ; elle pratiquait comme moi l'isolement sur les plages, au milieu de la foule gaie et heureuse...

Où était sa maman à elle aussi ?

Et d'où venait-elle ? où allait-elle, cette petite ? De tout mon cœur je lui souhaitais d'être plus honnête que moi. Oh ! de tout mon cœur !

Sur le point de sortir, un désir d'emporter quelque chose d'elle me prit, et je n'y résistai pas.

Mais quoi ? Parmi ses quelques petits bijoux, il ne devait y avoir que des choses qu'elle aimait beaucoup. L'en priver ? Non.

Je ne voulais rien lui voler, je voulais seulement n'importe quoi qui lui appartînt, pour le garder comme un talisman.

J'avais la superstition que cela me porterait bonheur. Malgré ce qui m'est arrivé depuis, je le crois encore, et je ne m'en déferais pas pour toutes les richesses du monde...

Dans sa petite bourse en argent il y avait deux louis : j'en pris un.

La demie de trois heures sonnait à l'établissement comme je rentrais chez moi.

Cette pièce de vingt francs, je me promis de la faire percer à Dax, où je comptais m'arrêter deux jours avant de rentrer à Paris.

— Comment donc, cette nuit, me demandai-je en attendant le sommeil à mon tour, le 21 était-il occupé par la jeune fille ?... Il serait pourtant bon pour moi d'encaisser ces vingt billets de mille... C'est bien ennuyeux d'être obligée de recommencer la nuit prochaine !

Vers midi, en descendant aux sources, j'aperçus mes voyageurs avec leurs bagages, dans une des voitures crottées de la gare. Ils s'en allaient...

CHAPITRE III

TOUJOURS LA VIE D'HOTEL.

Par une belle soirée moite et tout alanguie sentant la résine et les roses, je descendis à Dax, poussée par l'intérêt que je commençais à porter aux faits et gestes d'un gentleman très chic, propriétaire d'un superbe sac en peau de porc à fermoirs dorés.

Dans la cour de la gare, un de ces légers paniers d'osier attelés de deux petits chevaux maigres et trépignants, dont tout une file attend les étrangers, vint avec turbulence se ranger, à l'appel d'un homme d'équipe, pour recevoir une confortable valise, volumineuse comme une malle.

Puis, le gentleman très chic et son superbe sac en peau de porc s'établirent sur les coussins, et le tout s'éloigna à grand renfort de grelots, de clic-clacs de fouet, de gambades des deux petites bêtes ne sachant que galoper, ruer, se mordiller sans répit.

— A l'hôtel des Thermes ! avait indiqué l'homme de la part du client.

Vingt minutes plus tard environ, lorsqu'un autre train qu'on attendait fut arrivé, je montai plus modestement dans l'omnibus du même hôtel.

Le temps de me faire donner une chambre, d'y réparer un peu ma toilette et de me débarrasser de la poussière du voyage, je savais déjà où le sac logeait : 1er étage, deux fenêtres à balcon sur la rue Thiers. Bon ! Maintenant allons faire un tour...

*
* *

Dehors, tout n'était que couleurs, gaîté, lumière, plaisir de vivre, femmes dans les rues et sur tous les seuils, fleurs de chaque côté des portes, fleurs aux croisées, fleurs aux balcons, rires, bavardages, chansons. Ce contraste des gens et du décor quittés à Capvern avec ceux que je trouvais à Dax subitement, me rendit l'entrain perdu depuis plusieurs jours.

Les promenades sur les remparts, plantées de hauts platanes magnifiques, la fuite des rives mélancoliques de l'Adour

Un gentleman très chic, propriétaire d'un superbe sac en peau de porc.

dans une molle verdure teintée des nuances du couchant, m'inspirèrent immédiatement le désir de mon Georges.

Quel pays d'amour, par ici ! Quel pays de bonheur !...

Plusieurs tendres couples allaient, au bord du fleuve, le long des sentiers sinueux où le soleil traînait ses derniers reflets.

Je les suivais de loin, mais j'étais seule...

Ce qui fait une partie du lit de l'Adour en hiver était à sec, formant une large bande de galets devenus tout roses sous le rouge du ciel. Le bout de mon ombrelle et le bas de ma jupe les effleuraient, ils rendaient un petit bruit mat sous les pas, je trouvais ce bruit très triste.

Me baissant, je choisis parmi tant d'autres un joli galet bien plat, bien poli, d'un grain serré, d'une forme arrondie à peu près régulière. J'y mis au crayon le nom de Georges pour le donner à mon chéri bien-aimé...

Des troupes de chevaux en liberté paissaient l'herbe, sans se mettre en peine des promeneurs.

Bientôt, ayant tourné et retourné mon galet, relu l'inscription que je venais d'y faire, redit à haute voix ce nom si doux pour moi, je m'aperçus qu'il n'y avait plus personne aux alentours. Les amoureux avaient disparu. Mon entrain aussi.

O Georges, cher Georges, je te voulais avec moi, je te souhaitais là, tout à coup !

Ah ! ma vie lassante, que je ne peux te dire !...

Le soleil descendait, les prairies se fonçaient, plus vertes, d'un vert plus lourd ; les ombres des chevaux qui broutaient au bord de l'eau s'allongeaient, puis se confondaient avec une autre ombre s'allongeant de partout.

Quelques poulains, s'étant éloignés des juments, prirent le trot autour de moi, ils hennissaient en regagnant le gros de leur troupe.

Dans le fond du paysage, des galopins, une gaule au poing, ramenaient devant eux des bataillons d'oies grises et blanches.

A quelques pas du détour que j'allais

atteindre, une romance s'éleva, chant de voix aigrelette et singulière dans la brise tiède de ce désert des prés et des berges.

Un jeune garçon, nu-pieds, nu-jambes, son mauvais pantalon de coutil relevé au-dessus du genou et laissant voir de vrais gigots de sauterelle, blouse bleue, petit béret bleu, était assis sur le bord d'une barque et recommençait avec un plaisir évident, à peine le dernier couplet achevé :

> Ah ! grand Dieu qu'elle est belle,
> La Dacquoise à l'œil noir
> Quand sa vive prunelle
> Étincelle le soir !...

En chantant ainsi, il balançait ses jambes nues, dont les talons frappaient en cadence la coque du bateau.

Comme je le joignais, il attaqua le refrain :

> Ondes fugitives
> De l'Adour,
> Vous qui passez plaintives
> Et sans retour !...

Mais, bien vite, il s'interrompit pour me parler le premier :

— Madame, je vous prie, vous n'avez pas vu un monsieur? Comme il ne marche pas vite, vous auriez peut-être pu le dépasser.

— Un monsieur... tout seul?

— Oui, tout seul...

— Non, mon ami, je n'ai pas rencontré de monsieur tout seul.

— Ah !... fit-il, désappointé. Il est en retard.

Puis il changea d'idée, me toisa et commença ses confidences.

— Oui, c'est que, tous les soirs, ce monsieur vient par ici, à peu près à la même heure chaque fois, en suivant toujours le même côté de l'eau... Alors, je lui fais faire une promenade en barque... Toujours la même, vous savez... On va jusqu'aux Frênes, là-bas, derrière le tournant... Ensuite il revient en auto ou par le train.

— C'est un maniaque, votre monsieur? hasardai-je, ce qui fit profondément réfléchir le petit bonhomme.

Il s'était soulevé sur les poignets et penchait sa tête dans l'eau, les épaules en avant, comme pour s'y jeter.

— Non, pour sûr, ce n'est pas ce que vous dites, conclut-il.

Retombant assis en lâchant ses poignets et relevant la tête, il expliquait :

— C'est un amoureux, voilà tout, qui fait ça comme une prière ou une neuvaine... Sitôt qu'on est dans la barque, il me demande des airs du pays, mais principalement « la Dacquoise »...

— Ce que vous chantiez tout à l'heure?

Il donna deux coups de talon affirmatifs et repartit de tout son cœur :

> Son épaule est plus blanche
> Que la neige des cieux !
> Son corsage qui penche,
> Ses contours gracieux...

Mais il craignit probablement de me laisser partir avant de m'avoir renseignée tout à fait, car il s'arrêta net et s'empressa de reprendre :

— Voilà près de cinq ans, à présent, qu'il fait ce métier chaque été... Chez nous, le papa dit que c'est en souvenir d'une maîtresse qui s'est enfuie un beau jour avec un banquier espagnol pour ne plus revenir...

Alors, lui, il est persuadé qu'elle reviendra et qu'ils pourront reprendre leurs promenades...

— Je le vois qui vient, dit-il, et il se dépêcha de préparer l'embarcation.

*
* *

Décidément, il n'y avait que de l'amour dans ce pays, dans cette soirée qui sentait la résine et les roses...

Je revins en ville avec une tristesse au cœur.

Georges!... Oh! Georges, mon Georges... Si je lui écrivais?

Mais c'est le bout du monde, ici, pour écrire. Au lieu qu'une dépêche lancée ce soir... J'étais au bureau de poste, je pris une feuille de télégramme, et j'écrivis fiévreusement :

« Mon Georges, viens vite ! Je ne peux plus me passer de toi. Je t'aime, je t'appelle, je te désire et je t'attends... C'est demain jour de Sud-Express, prends-le pour m'apporter tes baisers. Ta folle maîtresse qui t'en envoie dix mille des siens et autant de caresses.

« RAYMONDE. »

Elle en écarquilla les yeux, l'employée du guichet. Le bout de sa plume dut recompter quatre fois les mots :

— Vous pourriez mettre en abrégé, crut-elle devoir remarquer, par excès de scrupule, en voyant que ça coûtait si cher.

Dans sa pensée je ne savais pas rédiger une dépêche.

— Non, c'est très bien ainsi.

Un soupir souleva son sarrau noir bombé, elle recompta encore une fois et dit à regret :

— Ça fait cinquante-six mots avec les deux adresses...

— Voilà, me dis-je, une transmission qui ne profitera pas qu'à moi !

Mais je n'avais pas besoin de faire la maligne, car je sortis du bureau la tête en feu, la gorge sèche, rien que de penser que dans vingt-quatre heures mon amant serait là, et que nous ferions ensemble le tour des remparts sous les hauts platanes, que nous irions au bord de l'Adour écouter le petit chanteur aux jambes nues, et regarder se coucher le soleil sur les galets roses et les ombres des chevaux s'allonger dans les prairies.

Vers le milieu du dîner, je commençais à me repentir d'avoir télégraphié si vite.

La vue de mon voyageur, rencontré tout à l'heure à la terrasse du café de Bordeaux, était cause de ce regret.

Je n'étais pas venue ici pour m'amuser, mais pour gagner de l'argent. Georges auprès de moi, impossible de rien faire. Prudence, paresse et passion.

Vrai ! le vilain mouvement que j'avais eu en courant ainsi au télégraphe ! Quelque chose de honteux. Est-ce que je devenais sensuelle à ce point ?

Par bonheur ma raison me ressaisissait, je lui ai presque toujours obéi ; je le fis encore. D'urgence, avant la fermeture, je renvoyai une autre dépêche :

« Réflexion faite, ne viens pas, je rentre à Paris.

« RAYMONDE. »

Heureusement qu'il n'y avait pas la même employée au guichet.

Devant l'autre, ça m'aurait embêtée. Faire passer Georges pour un cocu, car on pouvait croire que j'avais changé d'idée parce que je venais de rencontrer quelqu'un !

***

Chercher mon voyageur et le retrouver m'occupa tout le reste de la soirée. Encore n'y arrivai-je pas.

— Où était-il passé ?

De guerre lasse, j'allai me mettre au lit.

Mais, ne m'étant pas endormie avant la pointe du jour, j'acquis la certitude qu'il n'avait pas couché à l'hôtel des Thermes, sans quoi, logée juste au-dessus de lui, je l'eusse entendu rentrer.

Probablement un débauché.

Oh ! le sale individu qui allait porter son argent aux femmes, au lieu de le garder dans sa chambre !

Nous déjeunâmes en face l'un de l'autre.

Il avait à sa table deux espèces de maquignons avec lesquels il ne dit pas quatre paroles.

Le trio fila vers un caboulot des quais.

Ceci fixé pour moi, j'eus hâte de faire percer, comme je me l'étais promis, mon joli louis, souvenir de la pauvre petite jeune fille de Capvern.

Un bijoutier, établi en face du magasin de draps et nouveautés de Milliès-Lacroix, s'en chargea.

Mais, quand le soleil déclinant rosit l'Adour, je me gardai bien de retourner dans les prairies, sur le chemin des couples.

Qui sait ? Pour courir encore au télégraphe ? La nuit venue, d'ailleurs, j'eus plus de chance que la veille.

Cette fois, mon voisin d'en-dessous était au Casino, je ne le perdis pas de vue.

Dans les jardins, l'homme au sac jaune me parut intéressant, lorsque je le découvris avec un individu beaucoup plus jeune, guère mieux accoutré que les deux convives de midi, et dont tout l'extérieur annonçait un Landais authentique.

Ils se rangèrent soigneusement à l'écart des indiscrets, au fond d'une petite allée, ce qui ne m'empêcha pas de voir l'étranger passer à l'autre, avec mille précautions furtives, deux portefeuilles d'aspect assez rembourré, ainsi que plusieurs petits paquets.

Le Landais prit livraison de tout cela dans ses profondes, après quoi ils se séparèrent. On ne le revit plus de toute la soirée et le gentleman très chic ayant pénétré dans les salles, à ma grande stupéfaction, s'abstint de jouer..

Il se contentait de se mêler aux pontes, se tenait un peu en arrière, on ne peut plus attentif à chaque coup de cartes.

Vers onze heures pourtant, il prit une petite banque de rien du tout, l'air gêné, surtout maladroit, taillant gauchement. Il gagna trois ou quatre mille et s'empressa de donner une suite.

— Un type qui a du pognon, mais qui ferme la main dessus !

Telle fut ma première interprétation. Elle était absurde, je le sentis vite, mais n'en trouvai aucune autre.

A minuit, il était dans sa chambre.

Je ne tardai pas à être dans la mienne, prête à lui faire ma visite.

Sa maladresse, sa pingrerie m'inspiraient tout de même confiance ; il n'y avait que le diable de Landais avec ses petits paquets et ses portefeuilles qui me chiffonnât.

— Bah ! on ne trouvera pas le Klondyke dans son sac, c'est une demi-recette, mais allons-y quand même !

De gentils couloirs bien noirs, bien tranquilles. Une porte qui s'ouvre et qui se tait, un rêve ! J'entre, je me glisse aussitôt derrière une psyché, afin de reconnaître le terrain une dernière fois. Parfait...

J'allais ramper hors de ma cachette, quand deux petits coups secs frappés aux contrevents de l'une des fenêtres me firent tressaillir.

Au même instant, le gentleman saute à bas de son lit presque tout habillé, va droit à la croisée sans allumer, ouvre tout doucement les volets, regarde dans la rue Thiers en se penchant.

Mais que j'avais envie de lâcher l'abri de la psyché ! Une curiosité aiguë effaçait en moi la crainte du danger : de quoi s'agissait-il ? D'une intrigue amoureuse avec quelque demoiselle de la localité ?

A quelle sorte de scène allais-je assister? Escalade? évasion? Farce ou complot?

Je fus bientôt fixée.

Le personnage se mettait en devoir d'envoyer à des mains invisibles : garniture de cheminée, petits meubles, descente de lit, draps et couvertures...

Après la literie, ce furent les rideaux des fenêtres et leurs embrasses, leur tringle, puis le devant de foyer et ses chenêts, la pendule... Puis les flambeaux, une paire de vases... Un déménagement soigné.

Je revenais tout juste de ma surprise que plus rien ne traînait dans la pièce.

Il était grand temps pour moi de songer à la retraite : mon enragé déménageur était capable de vouloir confier également la psyché aux bons soins de ses collaborateurs, avant de prendre lui-même le chemin des meubles.

Eh bien ! tant pis ! il ne serait pas dit que l'imprévu d'un spectacle aussi attrayant me ferait rentrer une seconde fois bredouille, comme à Capvern ! Refaire le type en train de refaire lui-même l'hôtelier, cela me chantait trop, je n'y résistai pas.

Profitant de ce que notre artiste avait la tête dans l'armoire à glace, je serpentai derrière lui sur le parquet avec assez de bonheur pour atteindre le sac à fermoirs dorés et, sans demander mon reste, je fuis de l'autre côté de la porte que j'allais refermer en silence, lorsqu'une idée géniale me fit auparavant, d'un bras passé dans l'entre-bâillement, tourner le commutateur placé tout contre le chambranle : lumière à flots dans la pièce cambriolée ! Stupeur du cambrioleur qui se retourne, affolé, s'attendant pour le moins à trouver derrière lui, rangés en bon ordre, le parquet de Dax et la gendarmerie... J'étais loin. A l'étage au-dessus.

Moi aussi j'avais mis mes volets en tuile.

Inutile de vous dire que l'électricité avait été coupée par ma victime, dès qu'un peu de présence d'esprit lui fut revenu. D'en haut, à mon observatoire, je n'en perdais pas une goutte.

Quelqu'un descendit le long du mur, c'était bien cela...

*_*_*

— Tiens? Mon sac! s'écria papa en voyant le fameux maroquin jaune à fermoirs dorés, lorsque je le rejoignis à Bordeaux.

— C'est le tien, tu es sûr?

— Si je suis sûr!

— Qu'y avait-il dedans?

— Rien.

— Oh! alors, ça doit être le tien.

On se mit à blaguer tous les deux.

— Et où l'as-tu pris?

— À Dax.

— Voilà qui est fort!

— Pourquoi?

— Parce que je l'ai acheté, en passant, à Toulouse.

— Et perdu où?

Un léger embarras lui fit chercher sa réponse.

— Quel petit juge d'instruction! essaya-t-il de plaisanter.

— Perdu où cela? insistai-je.

— Mais... en route,

Le personnage effectuait un déménagement soigné.

— Là, je ne blaguai plus.

— Je n'ai pas l'habitude de prendre, j'imagine! Tu ne pourrais pas te servir d'un autre mot?

— Où l'as-tu trouvé?

en cours de route...

— Alors, on te l'a cueilli?

— Dans le filet, pendant que je dormais...

— Hum!... toussai-je, ce qui lui fit dresser l'oreille.

Je revis mon papa spirituel et chic garçon:

— Tu trouves que ça ne me ressemble pas?

— Pas beaucoup, papa.

— Eh bien! je vais te dire... Allons!... Mais ne te fâche pas, petite.

— Promis.

(Du moment qu'il m'appelait petite, réminiscence de temps déjà anciens!...)

****

— Voilà... le sac, je l'avais acheté pour t'en faire cadeau... Je le trouvais gentil... Le trouves-tu gentil?

— Et puis?

— Et puis, à Montauban, figure-toi, il est monté une charmante personne...

— Ah! une grue?

— Non, une femme tout ce qu'il y a de gentil.

— Comme le sac...

— Elle allait jusqu'à Bordeaux, ainsi que moi... Le sac lui a donné dans l'œil... Étant donné qu'elle avait été très...

— Passons!

— Enfin, j'ai pensé que je t'achèterais autre chose...

— Alors, tu le lui as offert, et on le lui a refait.

— Et il t'est revenu directement à Dax?

— Par le hasard de la circulation, tu vois.

— C'est épatant!

Mais, avant la fin de cette même journée, ce fut le tour de mon père de m'épater:

— Petite?

— Papa?

— Tu es pressée?

— Pressée de quoi?

— De calter d'ici.

— Parce que?

— Je vais te dire...

Il prit un grand air mystérieux et à la fois bon enfant.

Nous achevions un excellent repas, détendus, bonnes gens pas pressés en effet de voir finir l'entr'acte.

On avait pris une voiture, on s'était fait conduire dans la jolie banlieue du côté de Lormont, par un temps, un amour de temps! — si calme, d'une lumière dorée très égale, d'un ciel de grandes soies bleues tournant au gris d'eau claire — et l'on avait dîné en guinguette, dans un jardin, sous une tonnelle, le père et la fille, comme une paire d'amoureux.

Le garçon nous croyait en partie fine sûrement; la patronne et la bonne, qui venaient de temps en temps aussi, semblaient nous adresser des encouragements avec leurs mines de sympathie.

— Qu'est-ce que tu vas me dire, papa?

— Si tu te mariais?

On a vu des pères alcooliques, dans un accès de folie furieuse, se saisir tout à coup de ce qui leur tombait sous la main, couteau, tire-bouchon... pour en frapper leurs malheureux enfants. Mais mon père à moi est un monsieur très sobre, au moins depuis longtemps, et, sauf le cas de petite fête comme celle-ci, ne buvant que des eaux salutaires, Vichy, Vittel, Apollinaris, et autres liquides analogues, compagnons de table de l'âge mûr.

Cependant, d'où lui venait cette soudaine proposition qui frisait l'accès?

Il paraît que je le considérai comme si je devais avoir peur de lui pour la vie entière. Mon saisissement le gagna.

Dès que nous fûmes tous les deux revenus à des notions plus justes des choses, papa m'apprit qu'il avait rencontré le père d'un jeune homme de Bordeaux qu'on désirait marier à Paris. Ce père fabriquait du Barsac admirable, bien supérieur à tous les Barsac, et ce jeune homme ne fabriquait rien du tout, mais ne demandait qu'à faire comme son père, lequel se l'associerait au lendemain du mariage.

On n'était pas exigeant sur la dot. On demandait par-dessus tout une jolie personne, élégante et bien élevée, qui pût faire honneur à de grands fabricants de bons vins.

Naturellement, suivant l'auteur de mes jours, j'étais l'affaire de ces messieurs.

Mais il eut la mauvaise inspiration d'ajouter que ces gens étaient d'anciennes relations à M. Fontin. Il s'ensuivit que la grimace qu'il me vit faire l'affligea énormément: jamais, non, jamais je n'avais su rendre justice à ce pauvre Fontin!

Je demeurai muette comme une carpe de Fontainebleau. Mon père me servit d'autres arguments: il me voyait sage, rangée, sérieuse, active et travailleuse (j'te crois), sans une amourette, sans l'ombre d'un amusement de cœur; la solitude, cette vie de célibataire, les hasards de mon genre d'existence ne commençaient donc pas à me peser? Je ne devais pourtant pas être en ciment armé, n'est-ce pas? Alors?

Le moyen de répondre la vérité: pardon, papa, il y a mon Georges et puis...?

Autant se taire.

Il n'y comprit rien du tout, car il fut chic et plus que chic, il fut délicieux. Cela m'était très doux d'avoir un papa comme ça, qui me disait de ces charmantes choses de grand et bon camarade, sur mes qualités, sur mes défauts — mes qualités surtout, — me parlant du foyer à me créer pour l'avenir où il me laisserait bientôt aller mon chemin, le sien étant près de finir...

Bref, il m'émut si bien que je préférai quitter Bordeaux au plus vite. Autrement, j'aurais fini par me croire obligée de lui avouer Georges, et ça, je ne le voulais pas.

Je lui faussai donc compagnie le lendemain même, en lui laissant un mot destiné à lui faire croire que ma répugnance invincible pour les fabricants de Barsac était la seule cause de cette incartade.

Quel soulagement de me sentir dans le rapide de Paris !

De Bordeaux-Saint-Jean, j'avais lancé un télégramme à Georges : *Sois demain matin gare d'Orléans, pour ton adorée, mon adoré...*

Ah ! ouiche !

En entrant en gare d'Angoulême, nous apprenons que la voie est obstruée au-delà : deux trains de marchandises se sont pris en écharpe à un aiguillage. Transbordement impossible avant plusieurs heures. Plutôt que de droguer dans une salle d'attente, je me décide à passer la nuit en ville et me voilà dans le meilleur hôtel, dans la meilleure chambre et dans le meilleur lit, après avoir retélégraphié et grimpé l'énorme butte sur laquelle Angoulême est perchée comme une Montmartre de province.

J'avais tout juste le temps de dormir et de repartir. Je me fis porter au réveil (style de voyageur). Mais une fois couchée, le sommeil me sembla infiniment moins agréable que la vision de ma prochaine arrivée.

Afin de m'en repaître à mon aise, j'éteignis ma bougie (électricité néant). Alors, j'eus les yeux grands ouverts dans l'obscurité sur ma charmante vision qui me montra :

Georges et Raymonde tombant dans les bras l'un de l'autre, le cœur sur le cœur, dans les sous-sols du quai d'Orsay où déferle le flot des arrivants et des partants.

Puis le boulevard Arago, spacieux et désert sur sa longue pente, avec sa double voûte de marronniers, et la cité d'artistes où loge mon aimé, dans des jardinets de lierre, de buis, de vigne vierge, de rosiers et de glycines avec de toutes petites allées d'un joli gravier jaune et gris qui craque...

Puis le grand atelier, haut, clair, sonore, dans lequel on pénètre par deux marches et une toute petite porte dans les verdures. Tout au fond, la chère petite salle à manger, d'un faux air de petite hollandaise, si drôle, si intime, un peu bassette de plafond, la cheminée de bisque-en-coin, des petites fenêtres carrées, des pots de fleurs sur leur appui, une porte ouvrant dans un autre jardinet, sur le haut d'un escalier d'où l'on aperçoit par-dessus le mur du jardin, des bonnes sœurs et leur fameux jeu de crocket où elles jouent toute la journée, la supérieure en tête...

Puis au-dessus de la salle à manger, notre chambre et le cabinet de toilette, le nid... (Oh ! que les Indes — celles où je suis censée voyager à présent, — m'en semblent éloignées !) De la chambre, on ouvre une porte-fenêtre sur une espèce de balcon-tribune surplombant dans l'atelier. Pour nous amuser, quelquefois j'y haranguais Georges qui descendait faire les foules. Et, vu le caractère essentiellement artistique de ma tenue, je ne crois pas du tout que mon pauvre papa, s'il m'avait pigée comme ça, eût été d'avis que je pouvais faire honneur à qui que ce soit, voire à des fabricants de Barsac !...

A force, le sommeil allait tout de même venir, j'étais bien près d'y céder, lorsque quelque chose, moins qu'un bruit, mais quelque chose du côté de ma porte, me ramena d'un seul coup à la pleine lucidité.

J'attendis, me gardant de tout mouvement, sondant les ténèbres, me traitant même de nigaude et de nerveuse stupide. J'avais deux bons tours de clef dans la serrure, une clef et une serrure comme pour un portail de remise, un verrou passé par là-dessus... C'était peu de chose, je le savais par expérience. Mais, quoi? Dans cette auberge bourgeoise de commis-voyageurs et de fonctionnaires en tournée, que pouvais-je bien craindre? Vous allez voir...

IV

SOURIS CONTRE SOURIS

On entrait... On était entré... On rampait... J'avais bien suivi toutes les phases de l'opération.

Inutile de s'affoler. Ça ne manquait

Du balcon-tribune, en tenue très artistique, je haranguais Georges.

d'ailleurs pas d'un certain sel. Changer de rôle ! En moins de deux minutes, passer « de l'autre côté de la barricade ».

Crac ! mon allumette-bougie incendie la chambre et fixe sa lumière au bout d'un chandelier ; j'ai mon revolver en joue...

Et, comme mon vieux de l'autre fois, je m'écriai :

- Tiens ! Une souris !...

C'en était bien une, en effet.

Mais pas trop jeune, ni trop jolie, la pauvre ! Quel instant exquis ! A mon tour d'en tenir une !...

Elle était à genoux, sous l'œil de mon canon de revolver.

Piteuse ! Décidément, pas belle du tout.

Qu'est-ce que j'allais bien en faire?

- Une vilaine souris d'hôtel ! répétai-je.

Là s'arrêtait toute mon envie d'imiter le vieux monsieur.

Elle tenta de se rapprocher de la sortie, à demi relevée sur les jarrets :

- Je tire si vous bougez, c'est sérieux lui dis-je.

Mais j'étais rudement embarrassée.

Appeler? La faire prendre et emmener par les gens de la maison? C'était trop gros. C'était bête et méchant, sans élégance.

Je ne pouvais pourtant pas, en retour de la liberté que je lui rendais, exiger d'elle ce que mon hideux gorille, d'exécrable mémoire, avait exigé de moi !...

V'lan, j'ai une idée. Ça va bien.

Je n'aurai perdu ni mon allumette, ni mon beau geste de tout à l'heure ; dans un quart d'heure, une demi-heure au plus, je la remettrai proprement sur le tapis du couloir.

- Vous allez, lui dis-je, vous asseoir sur cette chaise, au pied du lit, et me raconter bien sagement votre existence, c'est-à-dire tout ce qui fait partie du métier *criminel* que vous pratiquez. Le reste, je m'en moque.

— C'est que peut-être que vous en êtes de l'*arnacle?*

- De la... quoi?

- De la rousse, enfin de la police?

- J'en suis si peu que, moyennant votre confession, je vous laisserai aller sans appeler, sans souffler mot demain ni jamais.

- On dit ça !

- On le fait. D'ailleurs c'est à choisir...

Et, tout en la maintenant sous mon revolver, de mon autre bras étendu vers la sonnette placée à la tête du lit, je lui fis comprendre l'alternative.

La voyant résignée à en passer par mes conditions :

— Allez vous asseoir ! ordonnai-je. Et parlez-moi comme à une amie, ça vaut bien ça, car je pourrais être plus méchante.

Et, sans cesser de la surveiller attentivement du regard, tout en stimulant sa bonne volonté par la double menace toujours imminente de la sonnette et du revolver, je l'écoutai. Ma souris n'avait pas trop confiance. Étais-je une toquée, une vicieuse, ou simplement une mouche ? Visiblement, elle se le demandait.

Néanmoins, comme il fallait parler, faisant contre mauvaise fortune bon visage, elle parla :

— C'est en étant volée, commença ma souris, que je devins voleuse.

« J'étais jeune et assez belle fille, bien qu'il n'y paraisse plus beaucoup aujourd'hui. Je faisais la noce à Paris, j'étais une habituée de l'Américain et des bars du quartier de l'Opéra. Un soir, je fus levée par deux types parlant à peine le français, mais qui m'avaient l'air tout ce qu'il y a de plus calés.

« Ils m'emmenèrent à l'hôtel de Hesse, rue de la Paix, prirent deux chambres pour la frime... et, le lendemain, lorsque je me réveillai, malade comme tout de je ne sais quoi qui m'embarbouillait la tête, l'estomac, le cœur, et qui n'était certainement pas la cuite que je n'avais pas prise, il y avait autour de mon lit un tas de gens, le gérant de l'hôtel, un garçon, des bonnes, le chien du commissaire du quartier et des inspecteurs, qui me z'yeutaient comme ça toute à poil, sauf votre respect, sur mon plumard. C'est ça qui m'en boucha un coin !

« On me dit qu'il était quatre heures de l'après-midi. Mes deux types étaient redescendus le matin, avant six heures, avaient payé et filé en recommandant de me laisser dormir tant que je voudrais... Ne me voyant plus descendre, on avait fini par monter, frapper, revenir encore, frapper, m'appeler et, de guerre lasse, ouvrir, puisque je ne répondais pas. Je vous crois, que je ne répondais pas ! Pour cause.

« Alors, on m'avait trouvée nue, entièrement nue sur mon lit défait, et l'on avait eu toutes les peines du monde à me réveiller. A présent, j'avais des nausées, la tête me tournait, mes jambes étaient en plomb.

« Mais on m'apprit encore bien d'autres choses : mes deux bonshommes après m'avoir endormie avec quelque sale drogue, m'avaient tout raflé, tout emporté : mes nippes, robe, manteau, jupon, pantalon, corset, jusqu'à mes bas et mes chaussures. Ils n'avaient laissé que mon chapeau, trop volumineux — un immense chapeau de tulle noir très épatant, je le vois encore, avec tout plein de grosses roses. — Et j'étais refaite aussi de ma bourse, où il y avait tout mon petit bazar, vous comprenez, ma trousse en or, ma petite boîte à poudre... et puis de mes boucles d'oreilles, de mes bagues, de mon sautoir. Enfin, ils n'avaient rien oublié, les vaches !

« On ne les a d'ailleurs jamais repincés, malgré leur signalement que j'ai donné...

« Une fois le secrétaire du quart-d'œil et ses roussins partis, le gérant me dit qu'il allait m'envoyer de quoi me vêtir pour rentrer chez moi. Un chasseur alla m'acheter une chemise à 5,95, des bas à 1,90, des bottines à 10,50, un jupon à 7,75 ; une des femmes de chambre me prêta une jupe et un corsage, la caissière son manteau du soir, par là-dessus mon beau chapeau de 7 louis avec de grosses roses de carnaval. J'étouffais de colère en descendant avec la camériste qui devait m'accompagner en fiacre jusqu'à chez moi pour reprendre les objets prêtés.

« Tout de même, au bureau, le gérant m'allongea gentiment deux louis pour me dédommager, dit-il, en ajoutant qu'il comptait que je ne raconterais à personne ce qui m'était arrivé dans sa maison. C'était surtout pour ça !

« C'est cette histoire qui m'a donné l'idée, un peu plus tard que j'étais dans une purée noire et que j'avais roulé un peu plus bas, de recommencer le coup, mais cette fois pour mon compte.

« Mon ami Bébert, qu'était costeau, trouva le coup rupin et le monta avec son ami le grand Ernest, un ancien clerc d'avoué dont le frère était comique de café-concert en banlieue et avait de la garde-robe.

« Ils se frusquèrent et m'emmenèrent dans un hôtel des grands Boulevards où ils me plaquèrent en emportant toute ma toilette, et aussi, peut-être bien, quelques petits bibelots de la chambre.

« Le lendemain, je fis mine de pioncer, d'avoir été saoulée au narcotique et de me réveiller toute bobèche de me voir en mère Ève dans un pieu d'hôtel... Mais le salaud de patron fut d'un pingre... Je n'eus qu'un immonde peignoir et l'argent de mon sapin pour rentrer — pas même un taxi-auto !...

« Aussi, c'est la colère et le besoin de me venger qui me firent apprendre la profession. Mon ami et son ami ne voulaient pas, ils préféraient le bonneteau. Mais moi, je me sentais une vocation. J'ai quitté Bébert et je me suis mise à travailler dans la cambriole, à faire le barbot...

***

Ma candeur en présence de ces termes techniques ne fit que l'emballer plus complètement sur son sujet.

— On se donne beaucoup de mal, allez ! plus de mal que vous croyez. Ce n'est pas un métier de fainéante. On a bien de la besogne, allez !... On est quelquefois bien fatiguée... Et on a des frais... Tout n'est pas profit !... Et puis, pour arriver à une situation à peu près propre, on doit passer par où tous les autres passent... Ce n'est pas comme dans la noce où il y a tant d'avancements immérités... Chez nous, on ne se fait pas sa place d'emblée, il y a un apprentissage, on vous essaye, on vous éduque, on éprouve vos aptitudes... Je suis bien contente tout de même d'avoir changé d'état, celui-ci vaut rudement mieux que l'autre, et ça n'empêche pas la rigolade, mais au moins on ne dépend plus des hommes...

« C'est très sérieux, vous savez, il n'y a pas à badiner avec l'ouvrage, et, si vous en étiez, vous comprendriez qu'on exige de vous des garanties... Vous êtes une aide pour les aminches, je ne dis pas, mais vous pouvez être aussi bien un danger pour eux, faute d'expérience et d'adresse... »

« Par exemple, une fois à hauteur, si rien n'accroche en route, on va vite à faire sa pelote... Chacun vous y donne un coup de main, car, pour travailler en *solitaire*, moi, voyez-vous, barca ! Je n'ai jamais eu de ces goûts-là.

— Mais alors, vous avez ici des complices ?

— Si on vous le demande, vous répondrez que vous n'en savez rien ; excusez l'impolitesse, il n'y a pas d'offense... Vous êtes plus curieuse que le *curieux* !

— Quel curieux ?

— Le juge d'instruction, parbleu ! Un de ceux qui trinquent tous les matins dans les journaux.

— Mais vous êtes au compte de quelqu'un, ou au vôtre ?

— Oui et non. Le compte des autres, c'est le mien, et le mien, c'est le leur.

— Ce qui signifie que vous êtes affiliée...

— A une bande. L'union fait la force... Vous êtes bien unis contre nous, vous les pantes, avec vos juges, vos gendarmes, vos flics, vos mouchards, et tout ce qui s'ensuit !

— Vous voyez, en effet, comme je suis unie contre vous, parlons-en !

— Parce que vous êtes peut-être un peu berloque, ça arrive assez aux gens très chic — et que ça vous amuse de vous payer ma bobine.

Elle aurait eu la digression facile, si je l'avais laissée faire.

— Et à présent, questionnai-je, de quelle façon en gagnez-vous, du pognon, comme vous dites ? c'est cela seul qui m'intéresse, puisque vous avez failli m'en gagner.

Ma souris soupira, d'un gros soupir, en murmurant son regret :

— Oui, j'ai bien failli !

— C'est partie remise... avec d'autres.

La seule fois qu'elle avait voulu marcher isolément, elle n'avait pas eu à s'en féliciter. J'en reçus la confidence tout au long. C'était une histoire de vol à la *locande*, selon son expression.

Les locandiers se présentent dans tous les appartements à louer, mais encore occupés. Ils sévissent aux environs du terme. C'est la concierge elle-même qui

leur sert de complice — bien involontaire,
— en leur fournissant d'abord tous les
renseignements imaginables sur la distribution des pièces et tous les autres détails
de l'appartement visé. On peut se fier à
elle pour le zèle apporté à cette sorte de

— Je n'eus pour rentrer qu'un immonde faisais et l'argent de mon ...

collaboration. De préférence ils deman-
dent à voir les appartements dont les
maîtres sont absents, qu'ils soient à leur
bureau ou en voyage, à la campagne, aux
eaux, etc., etc., car elle est chargée de les
montrer, s'il n'y reste pas de domestique.
Alors ils utilisent avec une prestesse
admirable le plus petit moment d'inat-
tention de sa part, pendant la visite, pour
s'emparer dans chaque pièce, parmi les
bibelots ou objets laissés en vue, de ce qui
leur semble avoir le plus de valeur, et
être le plus facile à dissimuler. Ensuite, on
redescend les meilleurs amis du monde
avec la bonne concierge,
à qui l'on promet un
généreux denier à Dieu
— pour la Saint-Ja-
mais !

* *

— Moi, j'ai toujours
fait partie d'une bande.
Oui, j'aime mieux tra-
vailler en société que
pour mon compte : on
partage les responsabi-
lités, on bénéficie du
nombre et de l'habileté
des associés, et on a
beaucoup plus d'occa-
sions.
— Vous êtes com-
muniste?
Elle n'eut pas l'air
de prendre ma remarque
pour autre chose qu'une
assez mauvaise plai-
santerie.
— Ne nous confon-
dez pas, me dit-elle,
avec de bas pégriots
ou de vulgaires monte-
en-l'air ; nous valons
mieux que ça, je vous
assure.
« Le type qui nous
dirige est un malin et
un hardi. Il n'y a pas
longtemps qu'il est re-
venu en France. D'a-
bord, il avait fait un
tour à la Guyane, pour faire comme tout
le monde...
— Ah ! comme tout le monde...?
— De là, pour ne pas rentrer directement, il avait gagné les États-Unis où,
avec quelques copains trouvés en route,
il a fait de fameux coups qu'il nous raconte
quelquefois, quand il est de bonne humeur.

« Son dernier, avant de rappliquer, est celui-ci :

« Dans un pays de là-bas qui se nomme l'Arkansas, paraît-il, sur le flanc d'une montagne, il y a une station thermale très en vogue. Les baigneurs étaient un jour au club, lorsque cinq ou six hommes masqués sautèrent dans la salle par une fenêtre du côté de la montagne, et, le revolver au poing (comme vous, tenez ! en ce moment, pour moi qui ne vous ai rien fait), ils ordonnèrent à toutes les personnes présentes d'aller se coller en rang d'oignons contre le mur et de ne pas plus bouger que devant le photographe. Alors, ayant bouclé la lourde de deux bons tours de clé, ils nettoyèrent le coffre-fort, qui renfermait sept mille beaux dollars, et ils reprirent tranquillement le chemin de la montagne par la même fenêtre — pourquoi changer ? — Tout cela avait été si vite fait que les gens qui se trouvaient en bas, dans la salle du bar, et les détectives attachés à l'établissement n'avaient rien vu, rien entendu. Il est chic, ce coup-là ?

— Parlez-moi de votre bande ? fis-je en affectant de ne m'extasier nullement sur cette prouesse.

— Vous connaissez peut-être par les journaux les *Introuvables*, les *Tatoués*, les *Smarts*, les *Grains-de-beauté*, les *Écossais*, les *Pardessus jaunes* ? Chaque association a son nom à elle. N'attendez pas cependant que je vous dise comment nous nous nommons. S'il ne s'agissait que de moi encore, vous comprenez ! Mais…

— Mais les intérêts sociaux sont en jeu !

— C'est cela. Notre bande passe à juste titre pour l'une des quelques bandes modèles qu'il y a actuellement, tant au point de vue de l'organisation qu'à celui des entreprises et du joli chiffre des répartitions.

— Allons, tant mieux !

— C'est une des plus complètes aussi, car nous comptons, parmi nos membres, à peu près tous les genres de spécialistes : des bonjouriers, des caroubleurs, des vanterniers, des locandiers, des boucarniers… nous en avons également qui font le fric-frac, et, bien entendu, nous avons nos fourgats, nos placiers et nos nourrisseurs.

— Si vous parliez français au lieu de me faire poser avec votre argot ?

Je n'avais pas l'air agréable le moins du monde.

La pauvre créature s'y laissa prendre et se mit à m'expliquer consciencieusement que les bonjouriers étaient les voleurs au bonjour, c'est-à-dire en général opérant au matin, au tout petit matin, quand les réverbères clignotent encore dans le brouillard des rues, à l'heure dite des boîtes à ordures, où les concierges entr'ouvrent les portes des maisons, ce qui permet à ces artistes, pendant que les biffins fouillent dans les poubelles, de s'introduire déguisés soit en laitiers, garçons épiciers, soit en petites bonnes de crémerie ou porteuses de pain — pour grimper les escaliers de service et profiter de la première porte entre-bâillée. (On en a même vu une en religieuse garde-malade et d'autres en petits télégraphistes !)

Si la pièce est vide, on entre, on ouvre les armoires, les buffets, les tiroirs de table ; on ramasse ce qu'on trouve, l'argenterie qui traîne au moment du petit déjeuner, — ce n'est point rare, — les clés de la cuisinière ou sa bourse, quelquefois même sa montre. Aucun danger ou presque. La bonne femme apparaît-elle à l'improviste, on a toujours à lui servir une histoire : qu'on s'est trompé d'étage, que la concierge vous a indiqué une porte pour une autre, qu'on est nouveau chez le patron et qu'on ne connaît pas encore bien la tournée, qu'il ne faut pas aller le dire parce qu'on vous renverrait ; et si c'est une jeune, elle écoute encore bien d'autres boniments, surtout quand le garçon épicier est un joli frisé.

Notez qu'en même temps, ce que l'on apprend ainsi, en causant et en regardant, peut servir à autre chose une autre fois.

— Dans notre bande, nous possédons, je crois, à côté d'excellents bonjouriers, les meilleurs vanterniers de tout Paris et de la banlieue. Il faudrait aller loin pour trouver leurs pareils.

« On appelle ainsi ceux qui entrent par les fenêtres des mansardes, en venant des toits. Le plus intrépide couvreur n'est qu'une mazette. Ceux-là doivent être nés chats de gouttière ; ils ignorent le vertige, sont rompus à toute espèce d'acrobatie et voués à une sobriété sévère, car il ne s'agit ni de trembler, ni de trébucher. Donc gare à l'alcool et aux stations chez le mannezingue !

« Les nôtres sont d'une agilité et d'une adresse dont vous ne pouvez pas vous faire une idée. Ils ont toujours eu l'estime et l'admiration de la police appelée à constater leur passage.

« Par malheur, deux de nos meilleurs numéros nous manquent depuis quelque temps. Figurez-vous ce qui leur est arrivé : ils s'employaient rue de l'Abbaye, tout en face de Saint-Germain-des-Prés et du petit square qui est sur ce côté de l'église, lorsque, dérangés au milieu de leur besogne, ils durent se cavaler par les toits. Mais la retraite leur fut coupée, des salauds de passants s'étant ameutés pour les choper, comme si ça les regardait ! Enfin ! bref, ils se laissèrent glisser dans un corps de cheminée, plutôt que d'être pincés par le populo, et ils tombèrent, faits comme des ramoneurs... devinez où ? Dans le bureau du nouveau commissariat, transféré de la rue des Saints-Pères quelques jours auparavant !...

Hein ? C'est ça, la guigne !

— Oh ! oui, c'est la guigne.

Mon ton manquait par trop de sincérité. Elle n'en fut pas la dupe cette fois.

— Vous pouvez vous moquer de moi tant que vous voudrez, puisque vous êtes la plus forte ! me dit ma dame de compagnie, en me roulant de gros petits yeux furibards. N'empêche que si vous avez un

homme, je ne sais pas ce qu'il peut être, mais je doute qu'il soit capable seulement du quart de ce que fait couramment le dernier de nos vanterniers.

A ces mots, une bouffée de colère faillit me cramoisir le visage

Si la pièce est vide, on ouvre les armoires, les buffets.

Cette fille m'agaçait avec ses suppositions et ses comparaisons. Voyez-vous ce parallèle entre mon Georges et ces coureurs de toiture entrant par une croisée pour descendre par une cheminée !

— Je vous en prie, lui dis-je, je ne vous demande pas de me tirer les cartes, laissez de côté l'homme que j'ai ou que je n'ai pas.

— Est-ce ma faute à moi, si vous n'êtes

*****

pas ensemble ? J'aurais préféré vous trouver avec lui cette nuit, parce qu'au lieu de vous fabriquer des idées qui vous ont tenue éveillée, vous auriez pris tous les deux votre part de bonheur, et vous dormiriez à présent comme des bébés...

Décidément, c'était un mélange. Je l'avais crue entièrement stupide, mais elle était persillée çà et là.

Une certaine honte d'y rencontrer quelques points communs à des instants de ma carrière et à sa grossière pratique m'emplit de malaise.

Sur quoi, ma souris quitta le terrain brûlant dont elle était loin pourtant de soupçonner tout le danger.

— Eh bien ! du moment que ça vous contrarie que je parle de votre amoureux, je passe au fric-frac..

— Et vous aurez joliment raison... Fric-frac, c'est délicieux ! Voilà un mot qui parle tout seul, il me semble. On doit casser quelque chose là-dedans ?

— Ce ne sont plus les fenêtres qui sont de la revue, mais les portes. Le genre est très différent. Pour faire un vanternier, les qualités physiques jouent un aussi grand rôle que pour faire un clown, un artiste de barre fixe ou de voltige, c'est évident. Mais pour travailler au fric-frac, c'est de ça qu'il faut !

Et elle se frappait la tête à coups de poings démonstratifs.

— Oui, de ça ! répétait-elle. Plus de gymnastique, plus d'acrobatie, mais de l'intelligence et de la ruse, plus de biceps, mais de la malice !... Être doublé de la peau du diable, voilà, je crois, la première condition... Il n'y a pas meilleur en fait de doublure, vous savez ! Il y en a d'aucuns là-dedans, allez, qui ont autre chose que de la cervelle de veau dans la sorbonne !... Ah oui, pour sûr !

— Vraiment ?

— Dame ! Songez donc, savoir d'abord chez qui on va, ce qu'il y a derrière cette porte que l'on doit entreprendre, et ce qu'il y aura au jour et à l'heure où on l'entreprendra, connaître les gens, leurs habitudes, leur caractère, leur tempérament, un tas de choses dont tout dépend... C'est-à-dire que, au lieu de tours de saltimbanques, on est obligé de faire des tours

de force d'observation, de raisonnement, de présence d'esprit, d'invention, de calcul, afin de préparer le petit travail. Tous ceux qui s'en occupent sont des gens qui savent voir, écouter, deviner, et ainsi de suite.

— Des psychologues ?

— Bon ! V'là qu'à votre tour c'est vous qui me collez des sales mots d'argot !

— Ne faites pas attention ! J'ai lu quelquefois de mauvais livres.

— Le fric-frac, voyez-vous, ça consiste tout simplement à briser les portes au moyen de pesées. Il s'agit d'entrer chez les autres par le chemin de tout le monde, mais sans être surpris ni gêné : là est le délicat de la chose, qui demande tout ce que je vous disais tout à l'heure, une série d'enquêtes dans le quartier, dans la maison, plusieurs reconnaissances sur les lieux, quelquefois le guet pendant des semaines avant de tenter son coup...

« Ensuite, avec une solide pince-monseigneur (on en a de si portatives, à présent !), un bon ciseau à froid, si le moment est bien choisi, on entre n'importe où... Ajoutez-y, si vous voulez, une scie à main, un tourne-vis et un vilebrequin, tout cela tient dans une serviette d'avocat aussi bien que dans une sacoche de garçon de recette de la Compagnie du Gaz

— Mais les chaînes de sûreté ?

— Vous me faites rire !

— Les verrous... ?

— Pas plus que tout le reste, taisez-vous donc !... N'importe où, je vous dis ! Vous entrez n'importe où, chez le Président de la République, chez le Pape... Savez-vous qu'avec une pince de cinquante-sept centimètres, pas davantage, maniée comme il faut, on produit une poussée de cinq mille kilos ?

Je voulus bien laisser paraître un peu d'épatement.

— Évidemment, faisait ma souris, le métier est dangereux, mais après dix ans d'exercice, c'est le repos assuré, un repos suffisamment argenté. N'est-ce pas bien tentant ? Soyez donc fonctionnaire, vous tirerez la langue pendant trente ans après une malheureuse petite pension qu'on vous chipotera tant qu'on pourra. Employée ? Vous êtes à la merci des patrons ! Tout le monde n'a pas le cœur de se faire « accidenter », de manière à ne plus rien fiche aux frais d'une Compagnie d'assurances : ça coûte plus cher qu'au marché quand on y va de ses pauvres yeux ou de ses deux guiboles. Et quant aux retraites ouvrières qui ne viendront jamais que dans les discours des types qui se moquent du monde, et qui ont bien raison, on serait trop poire de les attendre ou de compter dessus. Tandis que, pour quelques portes proprement brisées bien à propos, on a la tranquillité le restant de ses jours...

— Où cela? c'est la question. A la Nouvelle ou aux Petits Ménages?

— De la Centrale, on en revient. Du *pré* aussi; mais, souvent, ce ne sont pas ceux qui travaillent le plus qu'on envoie le faucher, au contraire.

« Ainsi Jadin, un fameux parmi les fameux : il a rincé savez-vous combien de fois la cambriole, avant d'être arrêté pour la première fois? deux mille, oui, deux mille ! Et Fontaine, le célèbre Fontaine? Il avait soixante et onze ans quand on lui a mis la main dessus ! Et Catusse, dont la bande avait déménagé près de deux cents villas, il s'est fait choper juste au moment où il se retirait des affaires pour aller mener en province la vie d'un honnête rentier !...

« On risque ce qu'on risque, mais pas tant que ça, moins en somme qu'à être garde-barrière, pour se faire écrabouiller par un express... Je vous dis, la vie offre ce qu'elle peut. Eh bien, c'est encore la nôtre qui donne le plus dans le moins de temps, c'est connu. La preuve, si j'avais réussi avec vous ! En deux ou trois petits quarts d'heure, je pouvais ramasser...

— Voyons, qu'est-ce que vous supposez que vous auriez gagné? Là, entre nous?

*
* *

Plus je la regardais, plus elle me faisait pitié. La triste souris !

— Quelle différence avec moi ! ne pouvais-je me lasser de me répéter.

Elle aurait mérité d'être arrêtée, rien que pour s'adonner à ce genre de sport avec une figure et une tournure pareilles.

On eût dit d'une de ces vieilles chanteuses d'opéra de province qui se sont bouffies et ridées dans le répertoire, à chanter devant des publics de sous-préfectures Mathilde, de *Guillaume Tell*, ou Lucie, et à s'entendre appeler, jusqu'après la cinquantaine : *Idole de mon âme, bel ange, ô ma Lucie !* etc.

Un jersey noir, tout rougi à l'usage, sur un dos rond et une poitrine flasque. Un cou cordé, crasseux. Des gros pieds ronds dans des chaussures de feutre. Une culotte noire de cycliste comme on a honte d'en porter aujourd'hui, et si comique sur ses grosses hanches! Une figure plate comme si on s'était assis dessus, et d'où saillait timidement un nez rond et retroussé de travers. Le teint sale, défraîchi, plus jamais soigné ; des oreilles fripées comme de vieilles feuilles mortes qui pendraient encore à l'arbre sans se décider à tomber Des cheveux du même noir rougi que la culotte et le jersey. Deux trous dans les joues, sous de grosses pommettes. Une couture allant de la tempe droite à l'oreille. Voilà le signalement. Sinistre !

Quand ses gros petits yeux, semblables aux boules servant de têtes d'épingles à chapeau, eurent suffisamment roulé de côté et d'autre par la chambre, faisant le dessus de la cheminée, puis tombant sur mon bagage pour revenir à moi et me toiser, mon lamentable gibier grommela, perplexe :

— Vous ne portez pas tout sur vous, ça se sent... De la simplicité, du cachet, vous inspirez confiance... Ce n'est pas le Pérou, mais une moyenne petite affaire, bonne moyenne petite affaire...

— Évaluez, dites voir?

— C'est difficile, vous savez... Il y a des gens qui sont trompeurs... On a des déceptions, ou de bonnes surprises...

— Plus rarement.

— Non, presque autant des unes que des autres... Vous, je ne vous crois pas très trompeuse...

— Dites toujours un chiffre?

— De quinze à vingt louis tout de même... Vous avez des chemises de nuit élégantes.

— Ah! ah ! C'est pourtant ma chemise de nuit qui me vaut ça. Vous m'aviez pesée moins la première fois.

— Quelle première fois? fit-elle en jouant un étonnement plein d'innocence.

— Lorsque nous nous sommes aperçues, tantôt à la gare : vous y étiez avec un prêtre.

— Moi? En êtes-vous sûre?

— Très sûre. Un prêtre pas bien grand, la soutane râpée et luisante sous un grand chapeau graisseux, tout à fait l'air d'un bon curé de campagne.

— Vous devez vous tromper.

— Il avait sous le bras un coquin de parapluie qu'il tenait si mal qu'il menaçait d'en éborgner tout le monde. C'est même cela qui me l'a fait remarquer. Voyez-vous, il ne faut rien exagérer.

— Est-ce que je ne peux pas connaître de curé, comme n'importe qui? Celui-là s'est trouvé dans mon compartiment, il est d'une paroisse des environs...

— Des environs de Popinque ou de Ménilmuche, oui !

— Tiens ! Moi qui vous aurais prise pour une étrangère !

— D'ailleurs, qu'est-ce que ça peut vous faire? Si je vous dis que je ne suis pas Française, vous aurez des regrets, parce que vous vous imagineriez avoir perdu davantage.

Tout en lui faisant ces déclarations, je prenais tantôt un véritable accent de petite miss, tantôt un accent de fraülein non moins authentique, ce qui m'est assez facile par suite de mes séjours en Angleterre et en Allemagne.

L'incertitude où elle était de plus en plus de mon origine et de ma condition véritables m'amusait follement. Pourtant, je fis exprès de rompre les chiens, de peur que son excès de perplexité ne tournât contre moi en lui inspirant une trop haute idée de ma malice en certaines matières :

— Tout cela ne m'apprend pas, avec ou sans curé de campagne, à quelle spécialité vous avez l'honneur d'appartenir.

— Cela dépend un peu. Je suis caroubleuse et je travaille aussi quelquefois dans la boucarne.

— Traduisez, s'il vous plaît.

— Les boucarniers font les boutiques qui restent inhabitées pendant la nuit. C'est plutôt le genre des hommes, cependant on m'y emploie dans certains cas...

Quant aux caroubleurs, c'est avec des tournantes de leur fabrique...

— Des... quoi?

— Des fausses clés, donc, des crochets, des pointes, des rossignols, qu'ils travaillent. Si vous voyiez ce qui se fait aujourd'hui, c'est léger, c'est simple, c'est pratique, tout ce qu'il y a de plus perfectionné !

Il me fallut baisser les yeux sur mon drap de lit et me mordre les lèvres solidement pour lui cacher mon envie de rire, où elle eût peut-être vu ce que je ne voulais à aucun prix lui laisser découvrir : à savoir que, sur l'article tournantes et onistitis, j'étais encore infiniment plus calée qu'elle. Pour sûr, elle n'en avait pas d'aussi chic que les miens !

— Pour vous citer un exemple entre mille de ce qu'on peut faire avec ces jolis petits outils, reprit mon interlocutrice, au mois de janvier 1903, j'étais à Monaco avec des collègues ; nous avons répéré une bijouterie sur le boulevard de la Condamine. Le bijoutier, M. Bromfort, quittait son magasin tous les jours, à onze heures et demie, pour aller déjeuner non loin de là, dans le quartier. Confiant dans la circulation des allants et venants, très nombreux à cette heure précise, il se contentait d'enlever derrière lui le bec de cane et de donner deux tours de clé à une belle petite serrure de sûreté posée par surcroît de précaution. Ainsi croyait-il sa boutique bien à l'abri de toute fâcheuse visite pendant son absence.

« Eh bien ! madame, je lui ai ouvert sans me presser, sa serrure de sûreté, j'ai remis un autre bec de cane à la place du sien, tout cela devant tous les passants ; j'avais un balai à la main, je suis entrée et me suis mise à balayer le seuil : un de mes copains, habillé en client de la haute, est arrivé, je l'ai reçu : nous avons barboté, rincé pour deux cent mille francs de bijoux ! Mais en nous en allant avec notre butin et mon balai, nous avons eu soin de refermer au bec de cane, et comme nous n'avions pas eu la sottise de piocher dans les vitrines de la montre, ce bon M. Bromfort, en revenant de déjeuner, ne s'est aperçu de rien sur le moment.

« Ma part de gain est arrivée bien juste à

propos, allez ! Mes parents, qui étaient des commerçants bien trop honnêtes dans leur petite ville, venaient de perdre tout leur avoir d'un coup avec le Panama ; la saisie les menaçait... je n'ai eu que le temps de leur envoyer quinze mille balles. C'est moi qui les ai sauvés du déshonneur ! »

***

Son triste visage s'éclaira d'un légitime orgueil, et ce fut avec un entrain dont elle s'était déshabituée depuis pas mal d'instants qu'elle me raconta encore le truc de la nourrice sèche

« Une jeune dame, dans une toilette sortant de chez le meilleur couturier, est accompagnée d'une « remplaçante » en grande tenue, aux rotondités débordantes, et dont les bras robustes portent un bébé enfoui dans des fanfreluches blanches, sous des voiles de dentelles. De temps à autre, la dame se penche sur le bébé, ramène tranquillement les voiles, reproche à la nourrice trop de vivacité dans les mouvements, sa brusquerie capable de réveiller le cher petit. Nounou, sans murmurer, redouble de soins. Ses grands rubans roses, par derrière, traînent jusqu'à terre, et son manteau vous a des airs de chape d'archiprêtre à une procession de Fête-Dieu.

« Les deux femmes et le bébé visitent ainsi les plus belles maisons des Champs-Elysées, de l'avenue Montaigne, de la rue de la Boëtie, de la rue Pierre-Charron, et personne ne songe à se demander où elles vont. Elles prennent l'ascenseur, s'arrêtent sur tel ou tel palier de leur choix, font des stations assez longues dans chaque immeuble où elles pénètrent. A la descente elles ne sont pas davantage inquiétées. Cependant leur démarche est plus lente, les attentions de la jeune dame élégante pour le délicieux bébé, si sage qu'il ne crie jamais, redoublent, et, à examiner d'un peu près la remplaçante aux rubans roses, on verrait peut-être que l'ampleur de ses formes semble avoir encore augmenté... »

Je demandai :

— Et la fin de l'histoire?

— Le bébé est un bébé en carton, creux à l'intérieur, dans lequel nous logeons commodément nos outils de travail, caroubles, pinces, ciseaux, etc... Nous montons tout droit à des appartements étudiés à l'avance par nos indicateurs, munies des renseignements les plus minutieux et les plus certains : madame est au Bois ou dans les magasins, les enfants sont sortis avec leur bonne, monsieur est à sa banque, à son cercle ou chez sa maîtresse, le valet de chambre à ses amours, et la cuisinière dans sa chambre du sixième.

« Deux ou trois fois, nous nous sommes cassé le nez sur un larbin inattendu ; mais nous n'étions pas prises de court, la jeune dame élégante avait de fort jolies cartes gravées à différents noms et lui en remettait une en se disant désolée, et en recommandant bien de ne pas oublier de dire qu'elle était venue avec son petit Henri!

« C'est pour cela qu'entre nous, dans la bande, nous appelons ce truc « le coup du petit Henri ».

— Bravo pour le petit Henri ! En voilà un au moins dont le concours vous est bien utile et qui ne doit pas rogner beaucoup votre part de bénéfices...

— Oh ! j'ai encore pratiqué d'autres trucs, n'ayez pas peur... Chez les médecins par exemple, je me donne l'extérieur d'une gouvernante correcte et respectable, j'arrive essoufflée, je sonne, je demande à parler au docteur en personne. Je presse celui-ci de se rendre immédiatement chez mon maître très malade... J'ai une voiture en bas, j'emmène le docteur, mais je fais arrêter la voiture avant d'être à moitié du parcours, me souvenant tout à coup qu'il faut que j'aille prévenir un proche parent qui habite dans le voisinage.

« Le médecin continue sa route, je saute dans une autre voiture, je retourne chez lui pour demander à la bonne, qui nous a vus partir ensemble, de me laisser prendre dans le cabinet de son maître une trousse qu'il a oublié d'emporter et dont il a besoin. Elle m'y mène. Au même instant on sonne, elle court à la porte, me laissant seule. Pendant ce temps, je m'occupe. Car je sais que ce coup de sonnette c'est celui d'un collègue qui la retiendra bien dix minutes sur le palier avec ses questions. Au moment où elle referme la porte d'entrée et s'apprête à retourner auprès de moi dans le cabinet, je me retire, mes poches remplies. Quant au docteur, il ne trouve pas plus de malade agonisant, à l'adresse indiquée, que dans ma main. En revanche, il est soulagé de l'argent de son secrétaire et de quelques jolis bibelots.

— Tous mes compliments !

— J'ai changé d'emploi plusieurs fois... Ainsi, j'ai été bonne avec d'excellents certificats, tous faux, à Saint-Mandé, à Versailles, et chez un grand directeur de théâtre, tout jeune, mais aussi un des plus mal commodes à servir, je vous affirme ! Puis, de là, chez une demi-mondaine de la rue Boccador, qui m'en a fait voir de toutes les couleurs en six jours que j'y suis restée... C'est encore moi qui me suis fait engager comme cuisinière, en même temps que mon mari était cocher...

— Vous étiez mariée?

— Pour la circonstance... chez des Mexicains richissimes de l'avenue Niel, à peine débarqués à Paris et en train de monter leur maison. Il y avait deux jeunes filles couleur de cacao, mais ravissantes. Trois jours plus tard, on agréait une camériste, tout ce qu'il y a de plus capable, sachant coiffer, habiller, tenir la lingerie, et, le même soir, un jeune valet de chambre qui ne tarda pas à être au mieux avec l'une des deux demoiselles...

— On a le sang vif au Mexique !

— Il paraît. Le dimanche suivant, qui était jour du Grand Prix, nos patrons devaient nous revenir de Longchamp avec des amis de la Légation, à qui ils donnaient ce soir-là un grand dîner. Pour commencer, au retour des courses leur équipage fut introuvable. C'était mon soi-disant mari le cocher qui l'avait emmené grand train pour le remiser chez des copains. Ensuite, non seulement ils ne trouvèrent pas la table mise, à la maison, quand ils y arrivèrent empilés dans trois sapins et dans un landau, mais encore il n'y avait plus chez eux ni cuisinière, ni valet de chambre, ni femme de chambre! Car vous devinez bien, n'est-ce pas, que tout ce personnel faisait partie de notre association.

— Charmante surprise !

— Mais je dois dire que les trucs les plus ingénieux et les mieux machinés ne réussissent pas toujours. Ainsi, une fois, nous avons failli avoir un épouvantable avaro.

— Vous me faites frémir... pour vous !

— Ne plaisantez pas, ça aurait pu très mal tourner.

— Dire que peut-être bien ça m'aurait privé du plaisir de faire votre connaissance en vous mettant à l'ombre !

— On pire que ça.

— Ah! mon Dieu !

— Ma foi, il s'en est fallu de peu... Au commencement du mois de décembre d'il y a trois ans, une magnifique affaire fut montée par deux de nos plus habiles placiers et nourrisseurs : il s'agissait de rincer, aux environs de Paris, un château, lequel avait été longuement mis en observation avant de risquer le coup.

« Une vieille comtesse de plus de soixante-dix ans y résidait, presque toujours seule avec des domestiques pas trop dégourdis, de vieilles gens, eux aussi, sans être tout à fait de l'âge de leur patronne.

« On se procure, peu vous importe comment, une voiture d'ambulance toute pareille aux ambulances urbaines : glaces dépolies, croix rouge, drapeau, timbre avertisseur, etc. On m'habille en infirmière, on me colle sur le siège à côté du cocher, et nous partons de façon à être là-bas sur les dix heures du soir, ce qui est bien tard en hiver, à la campagne.

« Nous voilà donc devant la grille fermée, à laquelle nous arrivons par une longue avenue, nos lanternes allumées, notre timbre sonnant à tire-larigot. Je descends et je me pends à la cloche de la grille. Après une longue attente, les gens, ahuris par le premier sommeil, viennent voir de quoi il s'agit. J'explique qu'on nous envoie de Paris, où la comtesse nous a fait demander pour emmener un malade. Pendant que nous parlementons avec le jardinier, un autre domestique va rapporter mes paroles à la comtesse, puis revient nous informer de l'étonnement de la douairière qui n'a rien demandé, n'ayant aucun malade à faire transporter à Paris. Là-dessus, le cocher et moi de nous regarder comme épatés. De son siège, mon compagnon étouffe des jurons, peste après la course inutile qu'on nous a fait faire à une pareille heure! Un second messager nous confirme une seconde fois la réponse de la comtesse. Et cela toujours à travers la grille, que nous souhaitons tant de voir s'ouvrir devant nous...

« Mais, à mesure que le colloque se compliquait, deux personnes s'en venaient du château dans la cour : la femme de charge accompagnant la nièce de la comtesse, une petite jeune femme dont la présence n'avait pas été considérée par ceux qui avaient monté l'affaire comme un obstacle à notre entreprise. Elle s'approche pour nous dévisager à son tour, se fait répéter une fois de plus nos explications. Tout de suite, je compris qu'elle était hostile.

« D'un petit ton sec et bref, elle déclare qu'il y a erreur et que nous n'avons rien à faire au château. Alors, mon compagnon le cocher (c'était le même qui m'avait servi de mari chez les Mexicains), se mit à dire que c'est tout de même bien embêtant d'être venu pour rien à vingt kilomètres de Paris, que ses chevaux à présent ont besoin de souffler avant de repartir, qu'on devrait bien lui permettre d'entrer pour faire reposer les pauvres bêtes... Mais la petite jeune femme, devenue soudain enragée, défend aux larbins d'ouvrir, ordonne à deux d'entre eux d'aller chercher leurs fusils — ce qu'ils font, — et elle nous crie, sans lâcher pied, que si nous insistons, elle va nous faire tirer dessus comme sur des chiens !...

« Eh bien ! il a fallu faire demi-tour, et les six camarades, qui se tenaient cois à l'inté-

rieur de notre ambulance, n'étaient pas plus que ça à la noce, je vous en fiche mon billet ! C'est qu'elle l'aurait fait, la mâtine ! Sur un mot, un geste d'elle, toutes ces brutes de paysans nous auraient canardés !...

— Ah ! c'eût été vraiment affreux !

* *

— Heureusement, il y a d'autres coups où on rigole bien, pour compenser les autres...

« J'ai le petit beau-frère de mon homme actuel, qui a été sur le point de se faire piger en plein barbot dans l'appartement d'une écuyère de cirque, une artiste un peu chouette.

« Vous n'avez vu que ça à Paris, sur les affiches : Angéla d'Orowitz, une grande brune, avec de grands yeux cernés, l'air très amoureux, un grand cheval pie, blanc et rouge... Elle montait en homme, costumée

— Pendant qu'on me laisse seule, je m'occupe.

en écuyer Louis XV, sauf que son décolletage et sa gorge, qu'elle offrait généreusement au public, n'avaient rien de ceux d'un écuyer... Elle logeait rue d'Edimbourg... Paul avait eu des tuyaux par une amie de la bonne, qui était son amie à lui... Un soir que la d'Orowitz devait travailler comme d'habitude au Cirque Parisien — son numéro passait vers dix heures et demie, — voilà-t-il pas qu'au dernier moment son carcan est reconnu boiteux, un clou de rue, comme on dit... Paul s'occupait déjà dans la chambre à coucher de la demoiselle, et bien à son aise, d'autant plus que la bonne, pendant ce temps-là, faisait un autre genre de numéro, de neuf à onze, dans une maison de la rue de Lévis, — quand mon Angéla revint.

« La chambre étant en cul-de-sac avec le cabinet de toilette au fond de l'appartement, pas moyen pour Paul de s'esbigner autrement qu'en lui passant sur le ventre ; et, comme c'est un charmant garçon, il songeait déjà au moyen de le faire en douceur ; mais elle ne lui en donne pas le temps, tire à elle la porte de la chambre, puis celle du cabinet de toilette, pousse le verrou de cette dernière, et gagne le palier, ayant ainsi renfermé mon Paul dans l'appartement, tandis qu'elle dégringole jusque dans la loge, en bas, pour envoyer chercher le commissaire et les agents.

« Lorsque les flics et le quart-d'œil, avec des badauds, pénétrèrent chez l'écuyère, qu'est-ce qu'ils voient? D'abord, dans le cabinet, un désordre pas ordinaire, au milieu duquel des vêtements d'homme mêlés au linge de la belle — ceux de Paul, toujours frusqué en gentleman, — et puis les débris d'une potiche par terre ; ensuite, dans la chambre, ce joli garçon tranquillement allongé dans le plumard d'Angéla.

« — Qu'est-ce que c'est que ça ? demande le quart-d'œil.

« — Ça? que fait Angéla. Mais c'est l'homme en question ! C'est le cambrioleur.

« — Oh ! Me traiter de cambrioleur, moi !... Comment, chérie, c'est toi qui me fais cet affront ! Toi, toi? s'écrie Paul.

« — Vous dites? fait-elle interloquée.

« — Toi qui prétendais hier encore que tu ne pouvais plus te passer de moi !... Pour une querelle d'amoureux !... Aller chercher les agents !... Si l'on peut !... Tenez, messieurs, je venais de me coucher le premier, je l'attendais, elle allait se déshabiller... On a eu tout d'un coup des mots à propos de rien, c'est le cas de le dire, ça s'est envenimé, je ne suis pas patient non plus, je me suis fâché... Même qu'à bout de patience, je me suis relevé et j'ai cassé cette potiche là... j'ai eu tort, c'est vrai... Et après? C'est-il la peine d'ameuter toute une maison, de faire du scandale dans le quartier?

« Bref, il emmanche si bien sa petite histoire, que les autres commencent à regarder l'écuyère avec un air d'avoir à lui dire qu'on ne dérange pas la police pour une bataille d'oreillers, qu'elle se moque d'eux... Elle a beau protester, se mettre en colère, ils l'engagent à être plus calme et plus respectueuse de l'autorité et redescendent en lui conseillant de se réconcilier sans tapage avec son amant.

« Tout le monde parti, mon Paul se rhabille posément, sa prétendue maîtresse étant en train de s'empoigner avec son concierge dans le salon, et il se trotte à l'anglaise... Le lendemain, la pauvre Angéla d'Orowitz a reçu son congé du proploque, pour la peine qu'elle avait appelé au secours en trouvant un inconnu chez elle, au lieu de se laisser faire par lui bien gentiment !... »

*
* *

En achevant son récit, la vieille souris se tordait. Sa gaieté lui donnait une si sotte figure de marionnette qu'un fou rire s'empara de moi, au point de m'obliger à me retourner un peu pour atteindre mon mouchoir sur le traversin et me le mettre sur la bouche. Ce geste me perdit.

En le faisant, j'avais abandonné mon petit revolver sur le drap et je m'étais forcément éloignée de la sonnette. L'autre n'en demandait pas davantage.

D'un bond ma prisonnière fut sur moi.

La bougie était éteinte ; le revolver avait glissé du lit. Je n'eus pas le temps de faire un mouvement pour me défendre, ni de jeter un cri.

La gueuse ! Rien ne lui avait fait sortir de la tête l'idée de s'en tirer sans le devoir à ma générosité ; il lui fallait sa revanche ; elle me regardait en dessous pendant qu'elle me défilait toutes ces histoires qui lui permettaient d'épier l'instant favorable, celui où je me relâcherais tant soit peu de ma surveillance.

A présent, j'étais sous cette ignoble femme, dont les cuisses et les genoux me serraient les flancs à me les couper; de tout son vilain corps massif elle m'écrasait le ventre et la poitrine, m'accablant de son répugnant contact et de son odieuse chaleur, autant que de son étreinte.

Rien que son poids, et la surprise où elle m'avait terrassée de la sorte, lui suffisaient, avec un peu de promptitude, pour m'avoir entièrement à sa merci.

Appeler? J'avais cette grosse main sur la bouche, m'enfonçant le visage dans l'oreiller.

— D'un bond, ma prisonnière fut sur moi.

Grâce à Dieu, je n'étais pas seulement calée en histoire, littérature et langues vivantes. Tous les ans, le premier prix de gymnastique me revenait à ce lycée Alfred de Musset où nous étions d'ailleurs quelques-unes dont les talents musculaires faisaient l'orgueil et la joie de notre professeur.

Depuis, j'avais appris pas mal de choses; en outre, un peu de boxe, surtout de la lutte — ma passion, la lutte, — et quelques passes de jitsu. Avec Georges, on était tout le temps à en faire !

Ma grosse imbécile de souris ne savait pas ce que c'est qu'une belle petite anguille de mon espèce, et elle voulut trop la serrer, cette anguille-là !

Parce que, pendant quelques secondes, je ne lui opposais plus aucune résistance, semblant avoir renoncé à me débattre, elle crut qu'elle allait m'avoir.

Ah ! bien oui !

Quelques secondes plus tard, ayant, par d'imperceptibles mouvements de souplesse, coulé sous elle comme si je m'étais fondue, je parvins à la saisir à mon tour et je lui fis une telle douleur qu'elle lâcha prise.

Dès lors elle était perdue, c'est moi qui l'avais. Sa défense ne dura guère.

Je l'ai dit, elle était poufiasse, méchante et lourde, mais molle. Pas d'agilité, pas de nerfs. Elle s'était jetée à mes pieds, elle se roulait sur la descente de lit...

En vérité, je crois avoir eu plus de peine à me défendre de ses supplications et de son repentir qu'à me défendre, la minute d'auparavant, contre la brutalité de son attaque.

— Pouah ! Vous vous servez de cela?... fis-je quand j'eus rallumé, en considérant le flacon dont elle n'avait pas eu la liberté de se servir, fort heureusement.

Mais elle n'était plus en veine de parler.

— Que c'est laid ! que c'est sale ! que c'est odieux !... Entre les gens comme vous qui manient le chloroforme, et ceux qui font usage de leur couteau, je ne vois pas la différence qu'il y a... Employer l'un, c'est être capable d'employer l'autre. Ah ! vous avez vu en moi une poire qui se laissait attendrir et c'est comme cela que vous m'en avez remerciée? Croyez-vous, maintenant, que je n'aurais pas eu cent fois raison de sonner tout de suite et de vous faire arrêter?... Et si je vous collais une balle, à cette heure?

Elle se contenta de m'adresser un long regard de détresse, mais un regard surtout plein de la désolation et du regret naïvement apparents de n'avoir pas été la plus forte.

Aussi n'en croyait-elle pas ses oreilles, lorsque je lui annonçai que, malgré son inqualifiable conduite, je ne la livrerais pas davantage après une pareille trahison.

(Parbleu ! j'avais d'excellents motifs pour cela, pas plus désireuse qu'elle de me signaler à l'attention toujours malsaine d'un tas d'indiscrets auxquels il faut en pareil cas faire connaître son nom, son adresse, etc.).

Alors elle voulut m'embrasser les mains, s'écria que bien sûr elle ne souhaitait plus qu'une chose : l'occasion de donner sa vie pour moi. Si jamais j'avais besoin de quelqu'un de dévoué !...

Je dus absolument la mettre à la porte.

— Trottez-vous, trottez-vous ! Filez... Ah ! quelle nuit !

V

UN PEU D'AMOUR ET DES BLAGUES.

J'avais promis à Georges, pour mon retour, un mariage de huit jours, c'est-à-dire toute une semaine chez lui.

Je ne demandai, bien entendu, qu'à lui tenir parole, et ce fut le bonheur, celui qu'il n'y a que dans les rêves, ou dans les livres, encore pas dans tous...

On n'avait eu jusqu'à présent que des rendez-vous d'un soir ou d'une après-midi, tout au plus d'une matinée, avec des escapades de vingt-quatre heures par-ci par-là. Mais huit jours et huit nuits de suite au boulevard Arago, « chez nous » !...

Le matin en m'éveillant, dans notre haute chambre au-dessus des jardins, il me semblait être en voyage de noce à la campagne.

Des chants de coqs, des rumeurs de poulaillers vous arrivaient du voisinage, avec le craquement des branches, un frôlement de feuilles aux fenêtres, dans l'ensoleillé.

Naturellement, je buvais du lait : Georges me l'apportait au lit dans un grand bol vernissé, bariolé, où je laissais toujours un fond pour la vieille chatte et son ami le chien — Lotte et Bonhomme, — qui le nettoyaient ensemble de la façon la plus consciencieuse, museau contre museau.

On se levait terriblement de bonne heure — peut-être à sept heures, — et l'on partait faire son marché tous les deux, pour revenir chargés de choses, des bouquets dans les bras, des légumes dans le filet, des fruits dans mon petit panier acheté dès le premier jour...

L'atelier, tout lumineux et tout frais encore, nous accueillait harassés : on s'abattait sur les tapis, incapables de bouger d'où l'on s'était laissé choir, les paquets posés là, au hasard, autour de nous, puis Lotte et Bonhomme les flairaient, les vérifiaient en y mettant la suspicion minutieuse de deux douaniers.

Ensuite, après les fainéantises, le nez au plafond, à griller la première cigarette de la journée, je filais cuisiner dans le sous-sol, par un petit escalier en tire-bouchon très rigolo.

Alors, Georges travaillait un peu.

Exquis, mon sous-sol ! Qu'il y faisait bon !... Par les soupiraux vitrés que je laissais ouverts, venaient me regarder, en s'inclinant pour voir, les grandes menthes et les vendangeuses du jardinet, et, en sautillant dans le gravier, les pierrots curieux...

De temps à autre, lâchant sa toile, Georges arrivait au haut de l'escalier, se penchait vers ce gouffre où j'apprêtais nos festins, sa palette et ses brosses au poing, de l'autre main se faisant un porte-voix pour me crier avec l'intonation des garçons de restaurant à 1 fr. 25 et 1 fr. 50, qui commandent tout d'une haleine à l'office une enfilade de nourritures :

— Attention !... Un bécot, deux bécots, trois bécots très chauds, ça fait trois... bien servis ! Et une languette rose, deux lèvres framboise !...

Mais, sans lui donner le loisir d'achever, je criais à mon tour :

— Enlevez !

Et je grimpais quatre à quatre, j'étais en haut du tire-bouchon, prête à servir la commande de moi-même, la languette rose et les deux lèvres...

Malgré ces extravagances, sa peinture et ma cuisine marchaient.

Quand c'était prêt, il m'aidait à mettre le couvert, et, en vis-à-vis, avec Lotte et Bonhomme chacun d'un côté, dans l'ombre fraîche de la petite salle, on faisait la déjeunette.

*
* *

Le soir, on dînait dehors, tantôt au bord de la Seine, de l'autre côté du Bois, dans les parages de Suresnes ou de Saint-Cloud, tantôt dans un restaurant de peintres du quartier Montparnasse.

Georges y avait particulièrement pour amis deux Américains, Slug et Fady, qui venaient souvent à la maison et qui furent vite de bons camarades pour moi, mon indulgence envers leur alcoolisme artistique et sentimental les ayant beaucoup touchés.

On était alors vers la fin des vacances. Paris n'était pas rentré. L'odeur des arbres rôtis, des pelouses cuites comme des galettes d'herbe, et de feuilles brûlées emplissait les avenues vides. Oh ! le bon moment !

Nos jours s'écoulaient tous de paresses et de tendresses, lorsque, cette divine semaine allant s'achever, le courage de nous séparer nous manqua : il fut convenu sur l'heure que j'accompagnerais Georges à Fontainebleau, où il avait loué une cabane en vue de peindre en forêt, durant tout l'automne.

Le moyen de se refuser ce supplément de paradis ?

Départ en coup de vent, avec Bonhomme et Lotte, et la moitié du nécessaire, — mais il serait si facile de retourner entre deux trains chercher ce qui manquait !

La « cabane » de Georges était tout au bout de la ville, du côté de la Fourche, sur la lisière de la forêt — un rez-de-chaussée faisant le coin d'une rue morte, et un petit jardin très feuillu, très fleuri, entre de hauts murs, — dans un environ de sapins noirs et de grandes routes blanches.

On commença par des promenades, à pied du côté du Mail ou dans les rochers d'Avon, à bicyclette vers Franchard, à Montigny, à Marlotte, et en voiture à Barbizon, à Thomery...

Chaque jour, on recevait un bulletin de Slug ou un bulletin de Fady, chargés de surveiller l'atelier, de soigner les fleurs du parterre.

Le dimanche qui suivit notre établissement, ils vinrent passer la journée avec nous, pour connaître la forêt. Ils débarquèrent pleins de projets et fort animés déjà des préalables whiskies. Mais on ne bougea pas du jardin. Leurs confidences sur nos fleurs ne furent pas sans nous inspirer quelques appréhensions : selon eux, elles dépérissaient en dépit de l'arrosage le plus soigné... A plusieurs reprises, ils insistèrent : peu de fleurs pouvaient se vanter, pourtant, d'un arrosage aussi soigné !... Enfin, après s'être rafraîchis depuis le matin jusqu'à la tombée de la nuit, ils s'en retournèrent très saouls, comme ils nous étaient arrivés.

*
* *

On le verra d'après tout ceci, il ne faudrait pas croire que je fusse tout le temps à la poursuite d'une « affaire », ni que je vécusse en sauvage, ne voyant que Georges, en dehors des moments de travail. Rien n'est plus faux.

D'abord, le genre que j'ai adopté dans ma spécialité comporte une existence régulière, avec assez d'argent devant soi pour pouvoir choisir les occasions, n'agir qu'à son temps, à des intervalles convenables, et en variant le plus qu'il se peut le terrain de ses opérations.

Ainsi, rien ne me distingue, en apparence, d'une jeune personne bien élevée vivant de ses rentes ou de celles de sa famille en attendant qu'elle se décide à se marier, et, jusque-là, aimant voyager, libres d'allures mais de bonne tenue, s'absentant de Paris, tantôt pour sa santé, tantôt pour son plaisir.

Bien que logeant ensemble, papa et moi, nous sommes toujours restés très indépendants l'un de l'autre. Sans doute, ses conseils me sont utiles — ses indications aussi ; mais on nous voit rarement dans la même villégiature, cela est préférable.

Comme, en général, les villes d'eaux vont par région, il nous suffit de voisiner à quelques heures de chemin de fer : s'il est à Vichy, je suis à Royat, et, quand j'étais

à Luchon, il quittait Bagnères-de-Bigorre pour essayer d'Aulus.

De même, nous avons quelques relations communes, mais j'ai aussi les miennes.

La question des relations est capitale, à mon avis, et je me suis toujours montrée d'une prudence extrême sur l'entourage.

Un autre dimanche que ça ne disait rien à Georges de pédaler dans la poussière de Seine-et-Marne, derrière les bouffées d'essence des autos, après avoir toute la semaine portraituré des arbres, nous prîmes une victoria et nous allâmes passer la journée à Bois-le-Roi, où mon amie Sylvette m'avait depuis longtemps invitée.

*
* *

A notre sortie du lycée, Sylvette Vallery et moi, nous n'avions point cessé une amitié datant de notre entrée à Alfred de Musset.

Sylvette est la troisième de trois sœurs. Marie-Françoise et Valentine, ses aînées, avaient monté une petite boutique, un rien de magasin de modes, pour commencer, sur le boulevard des Batignolles : elles arrivaient de province avec leur papa et leur maman, M. Vallery (qui répond au prénom de Juste), venant de prendre sa retraite comme principal du collège de Thiers. Il y avait aussi un garçon, Romain, le jumeau de Sylvette.

Bref, à eux six, ils n'avaient que cette retraite pour vivre ; alors Marie-Françoise et Valentine, deux grandes jolies filles qui ont cinq ou six ans de plus que leur benjamine, résolurent de tenter fortune dans la mode, pendant que Sylvette obtenait une bourse à Alfred de Musset, où nous terminâmes nos études ensemble.

C'étaient des Auvergnates, par conséquent des caractères, les filles du principal. Bien décidées à réussir, tenaces, courageuses, aimables et de bonne humeur, avec un instinct du commerce et le sens pratique des choses.

Chez elles, tout le monde s'y mit. La maman tenait l'intérieur. Leur père faisait la place, on peut dire, chez tous les compatriotes influents, ou s'employait de n'importe quelle manière : par exemple, au début, le principal leur a fait plus d'une course dans les maisons de gros et les magasins de fournitures, et sa rosette violette, sa cravate blanche, ses lunettes d'argent ne l'empêchaient nullement, les jours de presse, de rapporter la commande chez les clientes.

Un peu plus tard, les belles Thiernoises descendirent place de la Trinité, puis Sylvette sortit du lycée, entra dans la raison sociale, et Vallery Sœurs, en pleine prospérité, se transportèrent rue Daunou.

Actuellement, elles possédaient une villa habitée par M. et Mᵐᵉ Vallery, à Bois-le-Roi, en descendant vers la Seine : *Les Chants et les Brises.*

Dans la belle saison, tous les samedis soirs, Marie-Françoise, Valentine et Sylvette s'y rendaient pour jusqu'au lundi, et l'on y recevait les amis.

Cette famille de modistes présidée par l'ancien principal de collège avait nécessairement l'esprit large : on n'y exigeait point votre livret de mariage ; Sylvette connaissait ma liaison, il suffisait d'être gens de bon ton pour être de leur cercle, où l'on tolérait beaucoup de choses sauf les cérémonies et la mauvaise humeur.

La traversée de la forêt à cette heure matinale en automne, par la croix d'Augas, la croix de Toulouse et les magnifiques avenues qui s'en vont de ce côté jusqu'à Brolles, avait été pour nous une chose exquise. Il nous fut difficile de ne pas musarder en route, à descendre ici pour des fougères, là pour des rochers, plus loin à regarder en arrière la perspective admirable qui fuyait...

Aussi trouvâmes-nous déjà installés au jardin, lorsque nous arrivâmes, un jeune pensionnaire de la Comédie-Française, habitué des Vallery, Léon Quain, et un jeune lieutenant d'artillerie de l'École d'application, M. Leprieur d'Aubeilles.

Ces messieurs faisaient de bonne grâce, en attendant le déjeuner, une partie de tonneau avec Romain, lequel leur eût infiniment préféré la moindre ouvrière de ses sœurs, car c'est une petite fripouille de premier ordre.

Les Chants et les Brises frappèrent tout d'abord Georges d'une admiration joyeuse : sur un fond d'assez belles futaies, parmi de jolis massifs alternant avec des corbeilles au bord de pelouses en pente parfaitement tenues, d'où l'on a une petite échappée dans la vallée de la Seine, figurez-vous l'une des plus brillantes constructions en charcuterie parisienne dont la grande banlieue fait son ornement favori.

Rien n'y manquait, du plâtras rose, du zinc découpé, de la tourelle à poivrière, des fenêtres en ogive et de la terrasse à l'italienne, — effrayant !

⁎

Un coup de sifflet là-haut, dans les arbres. Entrée en gare du train de Paris amenant les déjeuners retardataires.

Bientôt après, à la grille des *Chants et Brises*, un coup de cloche.

Deux personnages s'avancent avec un ensemble parfait, — le couple : un homme d'une cinquantaine d'années, long et maigre, très maigre, figure de tapir sous son panama et laideur roussâtre et poilue, jaquette d'alpaga, pantalon de piqué blanc, gros bijoux bien voyants à la cravate, sur le ventre (je veux dire à la place où aurait été son ventre s'il en avait eu un), et aux doigts ; une femme grasse et fraîche, assez jolie, certainement bête, dans les trente-six ou sept, petite bouche amoureuse et gros yeux sensuels, l'air d'être perpétuellement chatouillée ; tailleur en flanelle blanche, chapeau-cloche à fleurs et rubans à profusion.

M. Juste Vallery se porte à la rencontre de ce ménage, saisit une main de l'homme, une main de la femme, les congratule, nous les ramène, nous les présente en leur reprenant à chacun la main :

— M. Pancres... Mᵐᵉ Pancres !

Romain s'est approché et la fraîche Mᵐᵉ Pancres à sa vue est devenue plus rose encore ; ses gros yeux sensuels se sont troublés.

M. Juste Vallery d'ajouter avec une satisfaction évidente, en s'adressant à nous :

— Le nom doit vous être bien connu... M. Pancres est l'intelligent inventeur de la malle Pancres !

Ce disant, il semble avoir tout dit.

(Avenue de l'Opéra, parfaitement, je vois d'ici le magasin.)

Confus et glorieux à la fois, M. Pancres se casse en deux par petites saccades, s'incline comme s'il saluait le public.

— Vous m'en avez vendu une qui a déjà fait le tour du monde ! prononce délibérément le jeune pensionnaire du Théâtre-Français.

M. Pancres se recasse...

Mais sa grasse compagne s'est enfuie dans le logis, à la recherche des dames. On l'entend qui appelle d'une gorge roucoulante :

— Marie-Françoise !... Mᵐᵉ Vallery !... Sylvette !

Comme si elle demandait tout de suite déjà protection contre cette petite fripouille de Romain.

Pancres?... Non seulement le nom m'est connu : le visage aussi. Où donc ai-je vu cela? Je cherche, je cherche... Où donc? Vainement.

M. Leprieur d'Aubeilles et Léon Quain, à quelques pas de là, accablent de félicitations narquoises le jumeau de Sylvette sur le soleil piqué par l'opulente compagne du tapir. Avec toute la lâcheté de son âge, le gamin s'en défend bassement, ça se devine, et il feint d'être barbé.

En passant pour courir embrasser Sylvette et Valentine, je l'entends : il a mieux que ça à Paris, à la maison, — une vendeuse tout ce qu'il y a de chic, une Anglaise qui arrive de Londres, retour du Cap, mon vieux, et qui en sait des affaires !

*
* *

A table, tout en célébrant, autour d'un melon juteux et sucré à souhait, les charmes de la campagne, on en vient à déplorer les risques de pillage courus par les villas inhabitées ou mal gardées.

Thème : l'audace des malfaiteurs grandit tous les jours et ne connaîtra bientôt plus de bornes. C'est la faute aux idées du jour, à la République « qui va tout de même trop loin », etc... (Car depuis l'installation de Vallery sœurs rue Daunou, la famille du principal, devenue famille de grandes modistes parisiennes, évolue en remâchant ses anciennes opinions de fonctionnaire.)

— Mais, il n'y a pas qu'à la campagne... elle est partout, l'insécurité ! proclame M. Leprieur d'Aubeilles. Vous souvient-il par hasard de ce fait divers d'il y a six semaines dans le *Figaro* ou dans le *Gaulois*? C'était intitulé : *Il a trouvé son maître.*

Tout le monde s'en souvint, avec des airs plus ou moins assurés et d'une sincérité plus ou moins audacieuse.

— Il y était à peu près dit en substance ceci, reprend le jeune officier, qui récite comme on lirait à haute voix le journal :

« Un voyageur descendu dans un grand hôtel du boulevard, M. Digson, rentier à New-York, était réveillé la nuit dernière vers trois heures par un bruit insolite...

(Tout le monde affecte d'être haletant, mais M. Pancres n'affecte pas, lui, il est réellement empoigné par le sujet.)

« Dans sa chambre, devant la fenêtre ouverte, se trouvait un inconnu qui s'excusa aussitôt dans les meilleurs termes, en prétendant s'être trompé d'étage. Mais pourquoi la fenêtre était-elle ouverte?... M. Digson ne fut pas dupe du mensonge, et, comme il est jeune, comme il est fort et solide, il eut tôt fait de prendre au collet le visiteur nocturne, de le ficeler et de le mettre dans l'impossibilité absolue de faire le moindre mouvement...

(Tout le monde marque à la même minute la plus vive admiration peinte sur le visage, sauf M. Pancres dont les sentiments sont en retard, et qui s'en tient encore aux émotions poignantes de l'attente.)

« ... Après cette petite opération, notre rentier s'en fut tranquillement requérir deux agents de police. Conduit au commissariat, l'individu a déclaré se nommer Alexis Codor, et être originaire de Buenos-Ayres. On croit être en présence d'un « rat d'hôtel » excessivement dangereux. Ce personnage a été dirigé sur le Dépôt... »

(Tout le monde respire, mais M. Pancres ne veut pas respirer, quelque chose le travaille.)

— Eh bien ! commente cette fois, sur son ton naturel, le lieutenant d'artillerie, M. Digson, le rentier de New-York, je pense que vous l'avez deviné, c'est moi !

Ce « *je pense que vous l'avez deviné* »
est beau comme tout ! et aussi l'air de
modestie vantarde du jeune M. Leprieur
d'Aubeilles, qui s'empresse d'ajouter :

— Entre nous, n'est-ce pas !
Parce que... étant venu à Paris,
sans permission, ce jour-là, j'avais
jugé inutile... Mais comme on est
heureux de savoir se défendre, hein?

Il bombe la poitrine, étale ses
bras.

— Je connais des coups...

Marie-Françoise, à ce qu'il me
semble, est fort impressionnée. Je
la crois au courant des raisons pour
lesquelles M. Leprieur d'Aubeilles
s'est payé cette absence irrégulière.
Mais la voix de M. Pancres m'arrache à mes petites réflexions.

Ce qui lui travaillait l'âme va
sortir.

— Moi, monsieur, moi qui vous
parle, articule l'illustre père de la
malle Pancres, j'ai eu dans ce
goût-là une aventure incroyable,
l'an dernier, pas plus tard !

Et voici ce qu'il nous raconte :

Il allait à Aix-les-Bains marier
une de leurs cousines, la fille de
grands hôteliers de
là-bas, possesseurs de
plusieurs hôtels et vil-
las.

Mme Pancres avait
dû l'accompagner,
mais, au dernier mo-
ment, par suite d'un
chaud et froid, il lui
avait fallu s'aliter,
on ne peut plus con-
trariée d'ailleurs, et
lui aussi. Il partit donc
avec de sombres pressentiments, bien que
l'état de sa chère femme ne présentât rien
de grave.

(Pendant tout cet exposé la concernant,
Mme Pancres lutta, je le vis, contre un certain trouble, le retour du soleil sur ses
joues fraîches, et Romain, tout en déchi-
rant, avec toute la jeune bestialité d'appétit
de ses dents aiguës, une cuisse de caneton
aux petits pois, ricanait méchamment...)

Le bon tapir, un morceau de gésier en
l'air au bout de sa fourchette, nous regardait tous, y compris sa femme et le jeune
frère de Vallery soeurs, avec le souci du
narrateur consciencieux.

Un homme maigre, d'une cinquantaine d'années, et une femme fraîche, assez jolie.

Il portait, au nom de Mme Pancres, em-
pêchée, et au sien, les cadeaux d'usage :
les choses avaient été bien faites, — des
bijoux magnifiques, — sans compter d'autres présents — dentelles et fourrures,
bijoux encore, — dont l'avaient chargé des
amis, et une malle Pancres, modèle extra.

— J'avais donc deux malles Pancres !
insista-t-il, l'une contenant mes effets,
l'autre les cadeaux de noce.

Arrivé tard dans la soirée, il descend dans l'un des hôtels des parents de la mariée. Gros repas de famille à tout casser ; on le mène faire un tour à la Villa des Fleurs, mais il tombe de sommeil, l'air lui a tapé sur la tête à la suite du festin, il ne demande qu'à se coucher, remettant au lendemain de déballer ses présents.

Bonne chambre, dans un milieu où tout le monde est empressé. Maison de grand style, domesticité de choix, clientèle extra-chic. Deux tours de clef, pour la forme, pour ne pas être surpris en caleçon par quelque chambrière trop zélée ou quelque cocotte se trompant de numéro — et sitôt entre ses draps, sitôt endormi.

Cependant, aux deux tiers de la nuit environ, il est réveillé par une grande soif — une terrible soif ! — rallume, se lève en vue de recourir au verre à eau providence des braves gens ayant fêté la bonne cuisine et les vieux vins, les gros cigares et les petits verres de liqueur.

Détail bizarre pour un homme ordonné, méticuleux comme lui, le désordre de son bagage lui cause alors dans ses allées et venues à travers la pièce divers encombrements de tapis contre lesquels il peste, ayant à deux ou trois reprises manqué de se casser le nez en butant dans ses tiroirs de malle.

(Notez que depuis qu'il est question d'Aix-les-Bains et de différentes circonstances, c'est moi qui ouvre l'oreille, c'est moi que quelque chose travaille à mon tour, il me semble...)

Sa malle Pancres, le bon tapir en goguette l'avait bien ouverte, effectivement, pour y prendre ses vêtements de nuit et ses objets de toilette ; mais il croyait l'avoir ensuite rangée et refermée, il l'aurait juré sur les beaux yeux de sa chère femme.

Dans le moment, il ne songea point à la malle des fiancés...

Bref, le voilà se rendormant, désaltéré, plus calme, plus dispos, caressé, dans un rêve qui commence par les visions flatteuses des louanges, les actions de grâces, les remerciements, les gestes et les mimiques de ravissement qui s'élèveront autour de son déballage de présents.

Mais le lendemain, adieu le déballage, plus de présents !

Il y avait trois bagues, saphir et diamant, diamant et rubis, émeraude et brillants ; il y avait une broche en diamants, il y avait deux bracelets, une garniture de peignes, une boucle de ceinture, une châtelaine, une paire de dormeuses... Il n'y a plus rien du tout, les écrins se sont volatilisés avec la joaillerie qu'ils contenaient, et les autres objets, dentelles, plumes, bibelots, ont suivi.

— C'est à dire, madame, conclut M. Pancres en s'adressant à moi, car il devine chez moi une sympathie réelle pour son aventure... C'est-à-dire que j'en fus réduit à offrir à la mariée la malle Pancres toute seule, toute vide ! C'était la dernière création, je le veux bien, mais...

Le visage et la voix de M. Pancres, si je les connais ? Jamais personne ne me donna moins de mal à dévaliser que cet excellent homme. Quel bon sommeil ! Pas difficile à ouvrir, sa malle Pancres, et tout était si en ordre là-dedans, si commodément disposé pour être pris en un clin d'œil, sans tâtonner !

Mais, dame ! pour remettre ensuite les compartiments, compter sur moi, voilà de l'exagération.

Ah ! il avait eu soif après ma visite ? J'aurais dû m'en douter rien qu'à sa façon de ronfler, si consciencieuse, si appliquée. D'ailleurs, je n'eusse pas davantage pris le temps de lui préparer son verre d'eau avant de me retirer.

Mon départ de l'hôtel, avant midi, ne m'avait pas permis de le revoir, je ne l'avais aperçu que dans le train et à la gare dans l'omnibus, car nous étions arrivés de compagnie. Mais mon épaisse voilette, ma perruque ne lui avaient laissé aucun moyen de me reconnaître aujourd'hui que nous nous retrouvions à la table d'amis communs, et il me faisait passer les fraises et la crème, en achevant de conter devant les invités mes modestes exploits !

— Alors, interrogeai-je hypocritement, vous avez porté plainte, on a fait une enquête, on a trouvé votre voleur ?

— Mon voleur ? madame, dites mes voleurs, rectifia-t-il. Jamais un seul ne fût venu à bout de me dépouiller.

— Mais puisque vous dormiez ?

— Madame, vous ne savez donc pas ?

Une malle Pancres, c'est mieux qu'un coffre-fort !

Pauvre homme ! Ce n'est pas moi qui le détromperai, bien sûr. Sa confiance est robuste, aussi robuste dans sa femme que dans sa malle, car après le déjeuner, il la voit s'éloigner avec Romain et Valentine — celle-ci n'est que l'indulgente complice de sa fripouille de frère, — et il nous avoue :

— Sans ma chère femme, je ne m'en serais pas consolé, je crois... Impossible de découvrir ceux qui avaient fait le coup... J'avais l'air d'un farceur de parler de tous ces bijoux, de toutes ces choses de prix que j'apportais soi-disant, et que je ne pouvais montrer !

On se rendait sous les arbres, où il y a des fauteuils, des hamacs. Il me retint derrière les autres, m'emmenant à travers le petit parc dans des allées où nous étions seuls pour causer.

— Sincèrement, madame, vous ne croyez pas qu'ils étaient plusieurs ?

— Mais non, monsieur, vous les auriez entendus...

VI

JE RETROUVE DES AMIS

Le sentiment de surprise agréable et de plaisir profond que me fit goûter le récit de M. Pancres n'a d'égal que celui qui m'était réservé quelques jours plus tard à Paris, en rencontrant qui ? — Lina et Mina, les filles du professeur von Killiow, ce vieux savant chez lequel naguère j'allai perfectionner mon instruction professionnelle à Berlin, — mes deux petites compagnes de là-bas dont je n'avais jamais plus entendu parler !

Il y a comme cela, dans la vie des voleurs, un certain nombre de satisfactions intenses qui seront toujours refusées aux honnêtes gens.

**

Laissant Georges en train de faire poser sa forêt, j'avais quitté Fontainebleau de fort bonne heure, afin d'être à Paris avant la grande chaleur et d'y pouvoir achever toutes mes courses dans la matinée.

Ma liste de commissions, quelque chose de sérieux : d'abord le marchand de cou-

leurs, rue Bonaparte, pour rapporter à Georges des tubes, et puis deux toiles, et je ne sais plus quoi encore ; — le Bon Marché, où assortir des laines pour ma tapisserie. Ensuite, des drogues à acheter pour la photographie, une emplette de conserves, jambon, pâtés, etc. ; — passer sous les Galeries de l'Odéon prendre des livres, entre autres : *Une Femme*, *Le Roman d'une Italienne*, *Sibilla Aleramo*, très recommandé par papa dans sa dernière lettre. Ensuite, visite au boulevard Arago, paquets à faire et à emporter. (Ça sera pour la fin, au dernier moment, car je ne repartirai qu'à la fraîcheur.) Voilà un entre-deux trains bien rempli...

Allons ! il faut le dire, mes courses ne sont qu'un prétexte. Une envie folle, une tentation perverse, irrésistible, me pénètre et me tenaille, et me pousse : profiter de mon après-midi pour faire un coup, histoire de m'amuser. Je ne sais pas lequel, par exemple ! mais j'en sens le besoin, je porte en moi le secret espoir qu'il s'en présentera un. J'irai déjeuner à l'hôtel, j'y prendrai une chambre, et je verrai...

C'est comme la lecture d'un livre trop défendu, il faut que je me paie cette affaire-là !

Jamais je ne travaille de jour ; jamais non plus je n'improvise, — une fois n'est pas coutume. Il y a de gros risques : c'est précisément cette émotion du danger de l'imprévu qui me chante.

En montant en wagon, j'y suis bien résolue. En en descendant, j'ai le petit frisson de l'escapade, on dirait que j'ai un mari à tromper et que j'y vais, que je marche vers un point d'interrogation en forme de crosse de revolver !... C'est presque aussi amusant.

Qui sait? Je ne reviendrai peut-être pas, ce soir je serai peut-être prise... J'y trouve vraiment une angoisse délicieuse, à cette imprudence, à ce doute, à ces incertitudes. Ah ! comme cela grise d'aller ainsi au-devant de sa destinée et de la frôler à tâtons !

**

La gare de Lyon, d'un vide affreux, grise et morne, annonce un Paris désert où seuls les chars-à-bancs des Cooks galopent dans un air moite, un air lourd, comme un air bouilli, fade et nauséabond. Est-ce même de l'air ou de la poussière chaude?

Alors, expédions mes achats au plus vite. Fuir les rues, échapper au fond de n'importe quel abri à ce dehors lugubre et pestilentiel !

Bon ! les machines de peinture de Georges, on va me préparer ça pour quand je repartirai, je ne veux pas m'en embarrasser... Le Bon Marché, bon ! mes laines, ça y est... Je file plus loin. Mais découragée, suffoquée, écœurée. Mon taxi-auto dévide un ronflement sinistre dans le silence des boulevards et des rues, entre des trottoirs brûlants. Flasques, les tentes pendent sur les terrasses de cafés sans consommateurs. Partout des boutiques mortes grandes ouvertes. A l'horizon, quelques sergots qui ont résisté, de rares cochers — au pas — et toujours les Cooks galopant dans leurs chars-à-bancs qui les dandinent éternellement, eux et leurs Baedeckers à la main. Aurai-je la force d'aller jusqu'au jambon? Pas même, j'en ai peur. Les bouquins, les pâtés, plus tard !

Chez nous, alors? Mais notre cher nid dans les jardinets ne peut être quelque part au milieu de cette ville abandonnée, à l'odeur fétide, au soleil livide sur des cadavres d'arbres et des carrefours désolés! Je ne l'y chercherai même point.

... N'est-ce pas, ce dégoût de tout, l'excuse que me souffle ma tentation? — Oh ! si Georges savait ! Si Georges, avant le départ, avait pu lire au fond de moi ! Lui qui est bien tranquillement assis en face de quelques beaux bouquets de hêtres, de quelques beaux blocs de grès moussus émergeant des fougères, et qui pense à moi...

Je suis très vilaine. J'obéis à mes penchants que je sache, mais qui n'en sont que plus exigeants.

* *

Zut ! il fait trop chaud.

On ne respire plus. Ce soleil voilé, plombé, vous tape dessus comme en passant à travers de la vapeur d'eau. Les avenues puent, les pauvres arbres vous obsèdent de leur détresse, tout du long.

J'abandonne la partie et je me fais conduire tout droit à un certain établissement de bains que je connais bien, dans le quartier des Champs-Élysées : une sorte de petit hammam exclusivement pour dames, clientèle restreinte et choisie, tout l'agrément et le raffinement désirables, d'exquises masseuses, manucures, coiffeuses, professeurs de beauté, et le reste.

Devant la porte une auto stationne — imposante et confortable voiture de voyage à l'intérieur de laquelle est un monsieur gourmé, roide, le cigare à la bouche, les yeux droit devant lui, fixes, sans un mouvement. Son chauffeur s'enfouit dans un journal qu'il tient déployé à bras tendus. A peine entrée, déshabillée à la va-vite, j'oublie Paris et ses hideurs d'arrière-saison, sous la douche, la bonne douche. De là je me plonge dans un grand bain reposant. Puis je demande ma masseuse habituelle.

— Madame, elle est prise.

— Je l'attendrai.

Je l'attends beaucoup, en la redemandant plusieurs fois sans plus de succès.

Tant pis ! elle tarde trop pour que je ne m'accorde pas la compensation d'entrer dans le petit salon à côté du mien. Est-il fermé? Non. S'il y a quelqu'un, je m'excuserai, voilà tout.

Il n'y a personne. Seulement, sur la console j'aperçois quelque chose qui brille... Hum ! il me semble que cela me regarde. J'approche. En costume aussi léger, comme je suis, pas de crainte qu'un froufrou de jupes, un craquement de bottines me trahisse...

Je prends l'objet pour l'examiner : un bracelet, une grosse gourmette en or, énorme, lourde, comme tout. Ça ne se fait plus, ce genre-là. Mais celui-ci pèse trop pour le laisser traîner. Me revoici dans mon petit salon.

Il y a un médaillon à cette gourmette. Bien démodé ! Impossible de l'ouvrir, je me casserais les ongles, on verra plus tard.

Et ma masseuse qui ne s'amène toujours pas ! Je resonne.

— A la minute, madame, à la minute !

Pourquoi je n'en veux pas d'autre? Parbleu ! parce que c'est Emilia. Vous vous rappelez, ma petite femme de chambre quand j'étais gosse?

Après avoir eu sa part d'histoires dans pas mal de places, Émilia a appris à masser ; pour le moment elle est attachée à cette maison, et elle me masse.

Je la surnomme d'une qualification assez poétique : Émilia aux doigts divins.

Ça assoit un peu les gourdes de l'établissement qui me prennent pour une femme de lettres un peu marteau :

— Envoyez-moi Émilia aux doigts divins !

Sa conversation me plait presque autant que son massage ; car non seulement elle n'a pas de secrets pour moi, mais encore elle recueille à mon intention les secrets des autres. Plusieurs de ses avis m'ont été excellents. Je lui en témoigne mon plaisir par un tant pour cent loyal.

Aujourd'hui, je me sens plutôt en veine de l'attraper dans les grandes largeurs. Il est vrai qu'il y a le bracelet, je le lui dois peut-être aussi.

Quel dommage qu'il n'y ait pas encore un autre petit salon à explorer de l'autre côté !

Cependant, quand elle arrive, tout en me travaillant avec l'art qui lui est propre (ses frictions sont incomparables, et quel moelleux dans les roulés !) elle me confie qu'elle était occupée à deux petites clientes, des étrangères — deux Allemandes, elle en est sûre :

— Jolies comme deux petits cœurs blonds, et pas ordinaires alors !

Elle me les dépeint au complet, toutes gazouillantes, des corps de gamins potelés, une peau en feuilles de roses, toutes les deux ayant le même signe sur une hanche : la droite? — Non, la gauche, il lui semble, elle ne se le rappelle pas bien... Enfin, peu importe. Je ne sais pourquoi, une idée me traverse l'esprit.

Comme elles sont encore là quand je sors des mains d'Émilia, je guette leur sortie par curiosité. Il est toujours divertissant — et quelquefois instructif, — de voir passer devant soi des personnes que l'on vient de vous décrire à la minute et en grand déshabillé, sans qu'elles s'en doutent le moins du monde.

Des exclamations et des récriminations furibardes dans un couloir.

Ma masseuse de prédilection reparait la figure retournée.

— Qu'y a-t-il, Emilia?

— C'est à qui ne l'aura pas vu, naturellement !

— Quoi? quoi?

— Mon bracelet !

— Vous avez perdu votre bracelet, vous ne le retrouvez pas?

— Je l'ai ôté pour faire mon travail... Où l'ai-je posé, je ne peux pas le dire.

— Était-il en or?

— Oui, avec un médaillon, une gourmette.

— Ah ! c'est ennuyeux... Cherchez-le bien.

Elle s'éloigne en grommelant. Vite au petit salon ! Pourvu que je puisse y arriver...

Faire les bijoux d'Emilia, ça non ! L'objet est re-sur la cheminée.

Cinq minutes plus tard, un cri joyeux. Ma conscience est satisfaite.

— Je l'ai, vous savez, je l'ai ! revient-elle me dire, triomphante, la brave petite.

— Ah ! vous voyez, quand on cherche ! Mais qu'est-ce qu'elles font donc, les autres?...

Enfin, j'entends des voix, une cascade de petites voix de volière.

Ce sont elles !

*
* *

— Ah ! Lina... Mina !

— Oh ! Raymonde !!

Elles m'ont reconnue tout de suite, elles me sautent au cou.

— Oh ! chère !

— Vous?

— Si nous avions pu penser !

— Et comment?

— Vous venez, maintenant?

— Vous voulez avec nous venir?

— Il faut d'abord maintenant vous présenter M. Otto.

Je questionne, avec un geste vers la porte et le trottoir :

— M. Otto, le monsieur?...

— Oui, M. Otto et son auto.

Mon Dieu, comme elles rient, comme

elles sont roses, comme elles ont du plaisir à me prendre chacune sous un bras et à m'emmener !

— Chère Raymonde, c'est notre berger, maintenant, M. Otto ; il nous a amenées, il nous accompagne...

— Il veille sur nous et nous promène...

— Et vous...

— Non, non ! crient-elles ensemble. Ça jamais !

De roses elles sont rouges.

Mina m'explique :

— Eh bien ! en route.

Je leur dis que je suis mariée — oui, mariée à un grand peintre. Je leur explique notre villégiature, le pro-

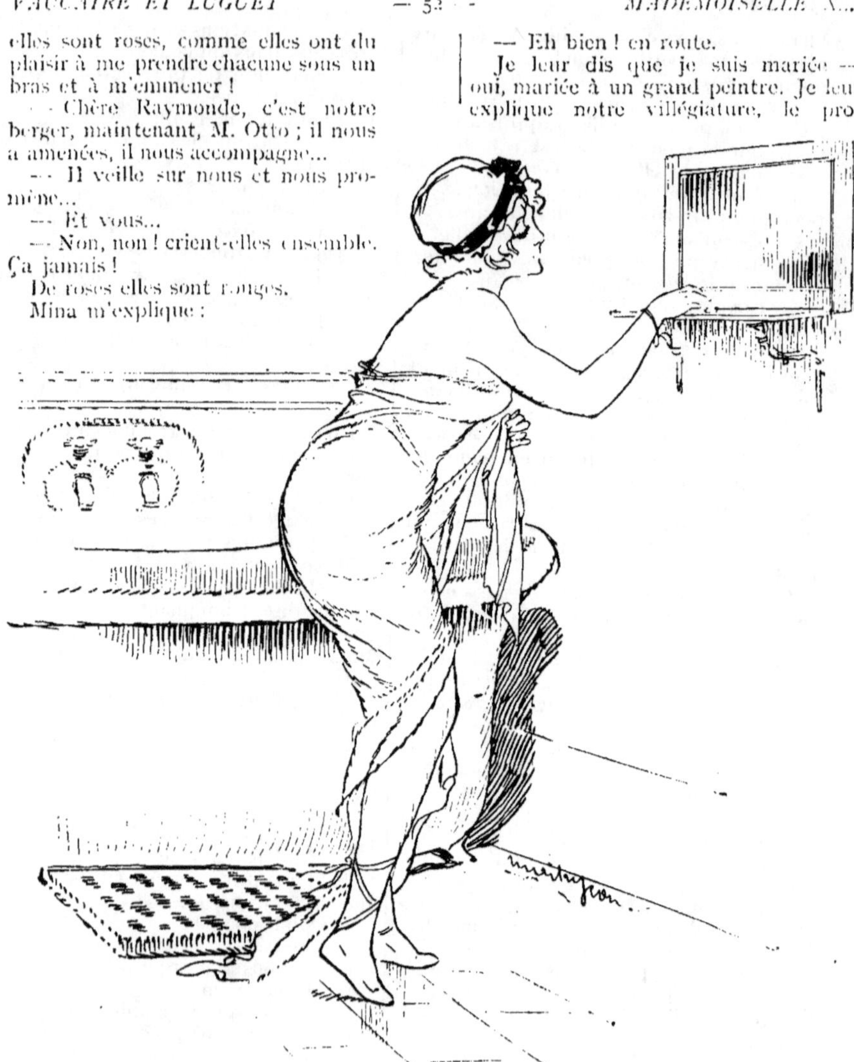

Sur la console, j'aperçois quelque chose qui brille.

— Il a répondu de nous à papa.

— Et vous m'emmenez de ce pas?

— A « Germania », où nous sommes descendues.

gramme qu'elle comportait et que je viens de changer en leur honneur.

Elles me regardent et elles rient, enchantées... moi aussi. — Elles battent des mains. Les adorables petites filles!...

— Mais vous autres, aujourd'hui?

— Nous autres, on avait à... voir des églises.

— Ah! vous faites...

— Oui, les églises, rien que les églises.

— Nous arrivons de Belgique où c'est très profitable.

— Nous voulons maintenant faire la France....

— Nous avons déjà dans le Nord, en venant, un peu commencé.

Mais on est devant l'auto. M. Otto s'en extrait précipitamment en apercevant une inconnue avec ses deux blondines dont il répond sur sa tête au vieux de Killiow. Il nous aborde donc, plein de confiance.

Mis en quelques mots au courant de mon identité, M. Otto se rassérène. Présentations, saluations. Le mécanicien a replié son journal, on part.

Ce que l'on a de choses à se raconter! La journée y suffira-t-elle?

J'ai prévu qu'elle n'y suffirait pas, et, du bureau de la rue Boissy-d'Anglas, avant d'aller plus loin, je télégraphiai à Georges :

« Tombée dans les pattes de mon paternel. Impossible rentrer avant après-demain. Ta

« MONDE ».

* *

Pendant tout le déjeuner, M. Otto ne me perd pas de vue ; je produis sur lui une grande impression. Moi, c'est mon projet de faire un coup que je ne perds pas de vue, malgré ma joie d'avoir retrouvé mes petites amies de Berlin.

D'ailleurs, elles vont peut-être m'aider elles-mêmes à me payer ce nanan-là.

Le trouble auquel, grâce à leur chère Raymonde, est en proie l'homme de confiance du professeur von Killiow, ne leur a pas plus échappé qu'à moi, et elles en paraissent ravies. Pour quelle raison? C'est ce que je saurai bientôt, je l'espère !

Il marche, l'homme de confiance ! son enthousiasme et sa galanterie s'ingénient à tous les moyens par lesquels ils puissent se manifester — dans le menu, dans les vins, dans les fleurs qu'il fait mettre sur la table.

Bien que l'on soit au cœur de Paris, entre le Crédit Lyonnais et l'Opéra-Comique, à « Germania » nous sommes presque en terre allemande. La cuisine, dont le zèle de M. Otto multiplie les *Casseler Rippen mit Kraut*, les *Sauerbraten mit Kartoffel Klosse*, les *Schweins braten mit Wirsusgkohle* et les *Eisbein mit Erbsenpurée*, évoque en moi nos beaux jours de là-bas, quand on pouvait se payer une bonne petite escapade jusqu'à Wannsee, ou que l'on prenait le bateau à vapeur pour aller dîner à Treptow, histoire de rompre le régime lacédémonien de la maussade bicoque du Kœnigsmauer :

— Et nos stations à la vieille confiserie.

— De la Jacobstrasse ?

— Mina, tu vois, elle n'a pas oublié.

Je retrouve encore dans ma mémoire :

— Et ce café de femmes, une fois... T'en souviens-tu, Lina? Le Café Central.

— Elle se rappelle tout !

En quittant la table, nous allons dans leur chambre, tandis que M. Otto, à regret, s'éloigne vers le fumoir.

Lina et Mina baissent la voix pour me dire quelques-unes de leurs prouesses !

A Dunkerque, elles n'ont récolté que trois cents francs dans les troncs, mais à Lille elles en ont eu près de sept cents. A la cathédrale de Saint-Omer, la sacristie leur offrit des vases sacrés et des ornements de prix qu'elles ont pu emporter avec le concours de leur fidèle accompagnateur, et dont elles ont fait plus de six mille francs.

Elles ont encore visité Mardyck, Calais, Boulogne. A Roubaix, la foi s'en va : le tronc qu'elles fracturèrent ne contenait que cinq centimes, et tous les autres étaient vides !

Leur tactique est presque toujours la même partout : dès leur arrivée dans une localité, visiter l'église pendant que leur compagnon fait le guet, puis s'éloigner dans les environs pour ne revenir qu'à la tombée de la nuit et se laisser enfermer après le Salut. L'une des deux commence à opérer, ouvre à l'autre, Otto les aide ou monte la garde. A Tourcoing, il a suspendu un poids à la porte d'entrée, de manière à pouvoir assommer sur place le sacristain, si celui-ci était survenu inopinément. Il est plein d'excellentes idées, paraît-il.

— Nous ne comptons pour ainsi dire pas sur Paris, avoue Lina. Il y a trop de monde dans les églises, le personnel y est nombreux, la surveillance trop active. Mais nous savons que nous réussirons dans le Centre : là, nous avons des renseignements positifs. Limoges, ensuite la Creuse, et puis l'Auvergne nous enrichiront à coup sûr, bien que pas mal d'antiquaires aient passé avant nous. On ne se méfie pas, par là, c'est mal gardé et c'est plein d'objets d'art très anciens, d'une haute curiosité et d'un très grand prix, des châsses, des statuettes, des tableaux, des torchères, de vieilles dentelles et des broderies, etc.

— Je crois, ajouta Mina, que nous avons eu grandement raison d'entreprendre ce voyage cette année, surtout de commencer par la France. Avec vos détestables nouvelles lois qui persécutent la religion, avec le mauvais esprit qui gagne du terrain dans toutes les classes de votre société, l'an prochain il serait trop tard. Nous perdons même beaucoup à ne pas avoir pu venir il y a trois ou quatre ans : bon nombre de couvents et de chapelles, qui sont à présent fermés par suite du départ de leurs congrégations, nous eussent fourni des trésors !

Voilà les conséquences de l'impiété.

Néanmoins, elles s'accordent à me vanter leur métier de souris d'église et prétendent avoir, en l'embrassant, choisi la meilleure part. N'y a-t-il pas les grandes nations où la foi est encore dans tout son éclat? L'Autriche, l'Italie, attendent leur visite. De plus, les pays protestants vont devenir excellents pour l'émigration du catholicisme, qu'ils accueillent à bras ouverts, c'est une chose bien consolante à penser. L'Allemagne, sous ce rapport, est en train de donner un grand exemple en se modifiant dans ce sens, considérablement. L'empereur a beaucoup fait dans ces derniers temps en faveur des catholiques. On doit lui en être reconnaissant. Quel homme colossal, ce Guillaume ! Il songe à tout. Elles lui devront certainement une carrière fructueuse qu'elles n'auraient pas trouvée, sans lui, sur leur terre natale...

Et leur petite amie française, la souris d'hôtel, de s'écrier :

— *Hoch ! hoch ! Gott mit uns !*

— Jamais sérieuse !

Cependant elles baissent encore la voix en se rapprochant, pour me parler de M. Otto. Leur berger a beaucoup, beaucoup d'argent avec lui dans le moment — non pas l'argent qu'il leur faut pour voyager, car ils en prennent dans les banques au fur et à mesure de leurs besoins, par des lettres de crédit, — mais des sommes à lui, ramassées en route aux tables de jeu. Elles seraient charmées si... Compris ! Nous ourdissons un complot.

Il ne les lâche pas d'un cran, l'essentiel est de les en débarrasser et en même temps de l'éloigner de sa propre chambre et de ses bagages. Lina et Mina, me laissant avec lui, feront mine de s'en aller à leurs églises, toutes seules pour une fois. Moi, je l'occuperai pendant une heure ou deux en utilisant l'admiration qu'il a si peu cachée pour ma personne. Elles se chargent de le cambrioler vivement et gentiment, tandis qu'il sera à mes pieds.

L'occuper, oui, l'avoir à mes pieds, non, cela ne me dit rien du tout. De quelle façon l'amuserai-je? Où l'emmener, sous quel prétexte? Car si je veux bien m'en servir, de son admiration, je la redoute un peu. On cherche.

— Si par exemple, dit Lina, il vous propose un coup ensemble, pourquoi pas !

— Et puis s'il devient trop entreprenant après, on viendra vous délivrer à temps, appuie Mina.

C'est ce qu'elles ont fait, vous allez voir.

Voici donc les filles du vieux Killiow parties devant (mais prêtes à revenir dès que nous aurons quitté la place), et je remonte en auto les Champs-Élysées. Bien entendu, les petites savent où je dois aller. Otto me fait une cour enflammée et vertigineuse — une cour en quatrième vitesse, cependant que notre voiture ne marche qu'à l'allure réglementaire.

On descend l'avenue de la Grande-Armée, la grille de l'octroi est franchie, il paraît que c'est au fond de Neuilly que cela doit se passer.

*
* *

Le bout du boulevard d'Argenson. Une maison de famille de grande apparence, au milieu d'un jardin.

Un riche Brésilien rencontré au tripot y loge. Mon compagnon, devenu mon mari, demande un petit appartement. Nos bagages sont en douane, je crois. Quant au riche Brésilien, il est parti déjeuner au Pré Catelan.

Et nous voilà dans le petit appartement. Otto aurait bien envie d'être mon mari pour de bon, il me le dit sans détour. Sans détour, je lui rappelle le but de notre présence en ces lieux. Un brin de scène, il se calme : c'est une bonne tête carrée avec une figure de bébé, cheveux bruns collés aux tempes, le dessus du crâne un peu chauve. Gros yeux ronds, d'un bleu lourd, monocle, courte moustache, mise d'une élégance sévère. Officier en bourgeois, ou pasteur qui s'émancipe.

Du petit appartement je viens de passer à celui du Brésilien, et je m'y dépêche. Car mon mari est redescendu auprès des patrons, débat longuement les prix, s'attarde à faire ses conditions, etc.

Pendant qu'on l'écoute en bas, enlevons le Brésil !

Je réintègre notre domicile provisoire avec ses dépouilles, que je me mets à inventorier devant Otto : une montre de femme ornée de brillants et de rubis, trois porte-or maroquin rouge de mille francs, auxquels il ne manque pas un louis — une paire de boutons de manchettes d'une richesse et d'un mauvais goût qui s'égalent, — enfin une liasse de billets de banque roulés sur eux-mêmes et que j'ai découverts, savez-vous où ? Dans un flacon de produit pharmaceutique vide. Ah ! il faut avoir l'œil !...

Mais l'homme de confiance du professeur von Killiow ne prête à tout cela qu'une attention des plus vagues ; il oublie même de me demander de partager.

— Raymonde ! Mademoiselle Raymonde !

— Hein ?...

Il n'y a pas, il se remet à mes pieds ! Ça devient très difficile de s'en débarrasser.

— Vous êtes fou !

— Non, je ne suis pas fou, je vous aime, je t'aime, je...

— Mais vous allez nous faire pincer ! nous n'avons que le temps de nous esquiver, maintenant...

Inutile. La bonne tête carrée a son idée fixe. Moi qui la croyais calmée !

— Si votre ami rentre, par hasard...

— Je t'aime ! dis oui... écoute...

Il me presse, j'ai dû repousser le fauteuil où j'étais, je me suis levée, mais il s'avance sur moi, le bleu lourd de ses gros yeux ronds s'est foncé, comme plus lourd encore de tout son désir, et il étend les bras, m'acculant peu à peu vers le lit, et je commence à croire que je vais pour la seconde fois de ma vie manquer involontairement de fidélité à Georges... car il m'a prise par la taille, à présent, et ses mains frémissent sur moi... Il sait bien que je ne peux pas appeler, c'est là-dessus qu'il a compté, la brute !

— Toc, toc !... à la porte.

Ah ! la police ou n'importe qui... sauvée tout de même !

C'est Mina qui a demandé en bas ses amis, le baron Zorn et sa femme. Elle nous emmène. Il était moins cinq.

Quelques minutes de taxi, quelques autres de marche par précaution, et nous retrouvons l'automobile avec Lina. Les deux sœurs sont gaies, le succès se devine dans leurs regards, l'Otto est refait dans les grands prix ! Elles ne doivent pas tenir à ce qu'il découvre la chose tout de suite.

— Allons chez moi ! dis-je encore un peu nerveuse. Je vous montrerai l'atelier de mon mari.

VII

MES OCCUPATIONS NE M'EMPÊCHENT PAS D'ÊTRE JALOUSE

Quelqu'un chez nous ? Il y a quelqu'un ! Je fais signe aux petites de se taire, je les laisse dans l'atelier avec leur Otto, et je m'avance doucement dans la salle à manger : les voix partent du fond, du côté du

jardin. Cependant, si c'était des cambrios...
Décidément, je ne m'explique pas. Bizarre !

Enfin, je mets le nez à la petite fenêtre
en me haussant avec précaution sur la
pointe des pieds. De là on peut voir dans
le parterre...

Quel tableau !

Ah ! je le comprends, à présent, l'arrosage soigné de mes pauvres fleurs !

Une petite table de jardin : dessus, des
bouteilles d'apéritifs, des siphons, un seau
à glace, des gobelets, et, dans les gobelets,
des pailles. Slug et Fady au fond de nos
grands fauteuils rustiques. Je me trompe :
tandis que Slug, gravement, pompe dans
son gobelet avec sa paille, Fady, qui s'est
levé, a saisi un siphon, et, non moins gravement, il arrose mes fleurs ! Voilà ce que
ces deux poivrots de copains de Georges
ont trouvé de mieux pour nous témoigner
leur amitié en s'occupant d'elles en notre
absence !

Je retiens ma respiration — et aussi ma
folle envie d'éclater de rire (je suis furieuse), — car Fady, ayant épuisé son
siphon, revient à la table, s'assied, empoi-
gne son gobelet et sa paille et se met à
pomper pour son compte. Alors Slug, se
levant à son tour, s'empare courageuse-
ment d'un second siphon, va arroser avec
la même application l'autre côté du parterre.

Il fallait voir, sur la physionomie, dans
les gestes et les attitudes de chacun de ces
deux maboules, le sentiment du devoir accompli, la joie de la bienfaisance !

Non, qui n'a pas vu cela n'a rien vu !

Le manège continua : quand Slug eut
épuisé son eau gazeuse sur mes géra-
niums, Fady le relaya encore. Évidemment, ça les dérangeait moins que d'aller
chercher de l'eau à la pompe, de promener un arrosoir.

En outre, ils devaient se figurer que leur
eau gazeuse était bien meilleure pour
les plantes — comme pour eux dans leurs
apéritifs. D'où leur satisfaction comique
en songeant visiblement à nous, et au service qu'ils nous rendaient !

Mon rire finit pourtant par éclater, dans
la petite fenêtre de la salle. Ils relevèrent
le nez. J'apparus aussitôt sur le perron.

Les deux Yankees poussèrent alors un
double hourra qui dut faire tressauter les
bonnes sœurs au croquet jusque sur leur
petite pelouse bien propre d'où se percevait
le choc mat des boules. En même temps ils
brandissaient leurs siphons et leurs gobelets en signe d'enthousiasme.

Presque aussitôt, Lina et Mina, attirées
par ce beau vacarme, me rejoignirent : une
nouvelle salve d'acclamations les accueil-
lit, et comme M. Otto suivait de près, son
apparition fut saluée avec le même céré-
monial.

Mais en un clin d'œil d'autres gobelets et
d'autres siphons étaient sur la table, des
sièges apportés autour. Fady nous passait
des Richmond Gem dans la main, allumait Lina, allumait Mina ; Slug confec-
tionnait à notre intention, dans de la
glace qu'il pilait au préalable avec ardeur,
une série de mixtures brunâtres et phar-
maceutiques aux émanations d'angusture,
de citron et de gentiane.

À présent, nous aussi, nous pompions.
Mais personne ne s'occupait plus des pla-
tes-bandes, c'était autant de gagné pour
mes malheureuses fleurs !

Jusqu'au crépuscule, sous les ombrages
rissolés, nous fûmes ainsi un confortable
sextuor de pailles, cigarettes et cigares,
dont rien ne pouvait troubler la belle har-
monie.

De temps à autre, seulement, les petites
et moi nous jetions un regard à la dérobée
sur l'homme de confiance en pensant combien il serait moins épanoui s'il pouvait se
douter que là-bas, à « Germania », il allait
constater en rentrant la soustraction de
son argent et de ses valeurs.

Lina et Mina ne croyaient venger qu'elles seules, mais, depuis notre halte à la
maison de famille de Neuilly, qui avait
failli si mal tourner pour ma vertu, je la
savourais aussi la mistoufle infligée à mon
« lâche suborneur ».

Pauvre homme de confiance, ça lui apprendrait à vouloir faire le satyre au milieu des affaires sérieuses.

Et moi qui croyais que le travail, ça
chassait les mauvaises pensées !

**

Entre Otto, Slug et Fady, devenus les
meilleurs amis du monde autour de toute

cette noyade à l'eau de seltz, le mot « poker » revenant à chaque instant, me frappa
les oreilles.

Les accessoires rentrés, lorsque j'eus pris
dans la maison ce qu'il me fallait pour
Fontainebleau, on referma. Les deux
Yankees nous accompagnè-rent à « Ger-mania ».

Le berger de mes petites amies continuant d'ignorer le vol dont il était victime on dîna fort gaiement, après quoi Slug de proposer au Berlinois :

— Allons chez Tommy !

Et Fady de répéter :

— Venez avec nous chez Tommy !

Le Tommy en question était un peintre comme eux, yankee comme eux, et habitant derrière les Invalides avec sa maîtresse, une Anglaise fort belle, Jessy Lone.

Très probablement, l'agréable pensée de rincer les deux jeunes gens à quelque

peintres. Il y avait lutte en son for intérieur tandis qu'il revenait, flanqué de Slug à droite et de Fady à gauche, dont les propos tentateurs alternaient :

— Allons chez Tommy, vous verrez quel fameux bon garçon ça fait !

— Et quelles satanées belles cartes il a pour ses invités !

— Et quelle diable de guigne pour lui !

On adopta un moyen terme : après quelques tours au Jardin de Paris, nous irons tous.

De la sorte, vers onze heures, ces messieurs s'attablaient à cartonner.

Spacieux, l'atelier de Tommy, beaucoup moins encombré par les toiles et l'attirail de peinture que celui de Georges, et meublé plutôt en salon.

Pendant que l'une de nous tour à tour entreprenait le piano, les autres valsaient entre elles, effleurant les joueurs.

— Je l'aime... dis oui!...

petit jeu de sa façon maintenait M. Otto
en parfaite jovialité. Après tout, les peintres avaient de l'argent à perdre, et s'ils préféraient le garder, ils n'avaient qu'à le défendre, au lieu de vouloir à toute force entraîner l'autre.

Cependant, la répugnance de celui-ci à nous laisser toutes les trois ensemble derrière lui pour toute la soirée, égalait à peu près son envie de plumer les gentlemen

parfois un coin de table d'où le vent de la valse raflait quelque cigarette imprudemment posée sur le bord, ou caressant d'un pan d'écharpe les éventails verts d'un palmier, le goulot d'une Mumm cordon rouge émergeant de son seau à glace.

Nous étions cinq, en comptant Jessy et l'amie de Clément Cornot, un journaliste en train de participer aussi au cartonnage. Alice Augé, cette amie, avait été aux Folies-Dramatiques, au Gymnase, puis à Marigny ; elle faisait beaucoup les tournées de province.

Le jeu marchait son train. Les relances se succédaient de plus en plus gaillardement et de plus en plus provocantes. Les joueurs, entre eux, riaient comme des chevaux, buvaient comme des trous.

Déjà nous commencions à en avoir assez, et l'on déclara que ce serait à présent la dernière valse.

Vers trois heures du matin, nous regagnions « Germania » tous les quatre ! Notre Otto s'était fait rincer royalement. Pas de force, le poker allemand contre le poker américain.

Je couche à leur hôtel. Avant de rentrer dans ma chambre, je partage loyalement avec mon trop sentimental complice les bijoux et la galette du Brésilien, puis je vais me coucher en me réjouissant de m'offrir, le lendemain, le spectacle du désespoir de ce brave Otto.

Évidemment il saura le matin qu'il a été volé la veille.

Quelle figure réjouissante je vais trouver à sa bonne tête carrée !...

. . . .

Eh bien, c'est une tête très forte. Il n'a rien laissé paraître, le gras joufflu Prussien. Pas un indice de ce qui peut se passer en lui ne transparaît sur sa physionomie. Il est placide, un peu taciturne sans doute, mais naturel. Belle volonté, ma foi, et bel empire sur soi-même. S'il en avait autant en face d'une jolie femme qui lui porte à la peau, ce serait un caractère admirable.

Je suis sur le point de lui rendre mon estime, j'oublie presque sa tentative de viol sur ma charmante personne.

Bravo, Otto !

*

Retour à Fontainebleau dans une espèce de rêve.

C'était la nuit, nous avions quitté Paris en automobile vers cinq heures et dîné à Melun, d'où l'on repartit au clair de lune.

Oh ! cette traversée de la forêt sous la lumière de cette lune, dans le silence, au long cri de notre sirène, parfois !

On avait mis l'homme de confiance avec le chauffeur devant, et nous étions toutes les trois dans l'intérieur, regardant défiler les hautes cépées fantastiques, le cœur un peu serré par la séparation prochaine..

Elles m'ont quittée devant notre cabane de la Fourche ; je frappe, personne ! Sans doute Georges est endormi... J'avais ma clé, j'ouvre, j'allume une allumette-bougie. La maison est vide !

Et je les entends qui s'éloignent, les autres, le bruit du moteur allant en s'affaiblissant de plus en plus dans ce quartier désert, puis la clameur mince, éperdue à n'en plus finir, de la sirène qui jaillit comme une fusée de son désespéré, montant et se tordant sous les étoiles, entre les multitudes immobiles et sombres des arbres rangés sur chaque bord de la route...

Je suis seule !

*

Deux fois je parcours la maisonnette du haut en bas.

Parti ! Georges est parti !

Mais quand? Pourquoi? Comment? Et où s'en est-il allé?

Pas un indice, une lettre, un bout de papier, rien. Je suis seule !...

Ah ! quelle nuit j'ai passée !

Qu'il a été long à venir, le jour !

Mon Dieu, que je plains les femmes jalouses, les pauvres femmes qu'on laisse à se manger de doutes et de soupçons, et d'incertitudes, les pauvres femmes abandonnées à compter les heures, à épier les bruits, à ressasser mille suppositions, à savourer longuement le goût amer de leur solitude !

Comme les autres, j'avais plaisanté sur tout cela. C'est affreux, je viens de l'éprouver pendant toute une nuit, je sais à présent ce qu'il en est.

Dormir, il ne pouvait en être question. J'ai employé mon temps à tout fouiller, tout fureter. Bien vainement. Nulle part, il ne m'est tombé sous la main quoi que ce soit qui pût me donner une idée pour expliquer ce départ.

Je suis restée ensuite encore plus seule.

Ah ! je la connais, l'âme des maisons vides, je l'ai eue là pendant toute une nuit en face de mon cœur, et pendant presque un jour... car le matin personne ne parut, midi vint, personne. J'allais devenir folle.

Vers quatre heures, un roulement de voiture.

Je regarde dans la rue, derrière les rideaux ; j'allais partir pour le télégraphe sans savoir seulement où je télégraphierais... Un équipage s'arrête devant la maison ; deux grands chevaux, l'un noir, l'autre gris truité, sont attelés à un grand break de chasse, et il en descend qui, de ce break ? Georges, mon Georges !...

Oui, mais il y a là-dedans une femme, une élégante jeune femme qui lui tend la main à plusieurs reprises. Quels adieux chaleureux ! Vrai, ils se secouent les mains sans pouvoir se décider à en finir !... Et puis le break repart. Georges va entrer.

Mon cœur saute !

L'ignoble ! Tandis que j'allais faire nos courses à Paris, il se sauvait chez quelque femme du monde, sa maîtresse, qu'il a dans les environs, c'est certain, et qui le reconduit à présent, juste pour lui permettre d'être ici à l'heure de mon train ! Il aura combiné cela aussitôt après avoir reçu ma dépêche où je lui disais ne pouvoir arriver avant le lendemain ou le surlendemain...

Le voici qui tourne le bouton de la porte.

La colère et le chagrin m'étouffent.

Ce que je vais le recevoir !

VIII

LES ADIEUX DE FONTAINEBLEAU

— Folle ! folle ! m'a crié Georges aux oreilles pendant plus d'une heure. Est-elle assez folle ! Ah ! ce qu'elle marche, je ne l'aurais jamais cru...

— Je préfère encore cela, et qu'il en soit comme tu dis... si tu ne mens pas !

— Idiote ! Toquée !

— Tant que tu voudras.

— Tu n'as qu'à demander en ville si je mens, et au premier fournisseur venu : « Cette dame, dans ce break, avec ces deux carcans, un noir, un gris, est-ce Mme Robert Vizel, la femme de l'agent de change ? » — « Oui madame, parfaitement, madame ! la châtelaine du Prieuré de Reclose... »

— Et il me le dira, le premier fournisseur venu, si c'est ta maîtresse ou pas !!

— Raymonde !

— Georges !

Des bouts de scène, rien que des bouts. Parce qu'on avait besoin de s'embrasser un peu, entre chaque reprise. Il m'avait montré le billet où les maîtres du Prieuré lui faisaient savoir qu'ils connaissaient sa présence à Fontainebleau. Vingt fois je lui avais entendu parler de la Vénitienne, comme il appelait cette Andrée Vizel, dont il avait fait le portrait avec ses chiens.

Dans le fond, j'étais jalouse d'elle surtout à cause du portrait — je savais très bien qu'il n'y avait jamais eu le moindre flirt entre eux, c'est évident, — mais il l'avait peinte, et moi je devais m'interdire à tout jamais cela, malgré qu'il me suppliât tout le temps de lui laisser commencer ma tête pour le prochain Salon. Avec le métier que je fais, jamais, jamais ! Exposer devant tout Paris Mlle X..., *souris d'hôtel*, offrir mes traits à la mémoire de quelque policier passant par là comme ailleurs, — pour rendre un jour ma capture plus éclatante... Ah ! non !

Et voilà pourquoi j'en voulais tant à la belle Andrée Vizel, chez qui mon Georges a cru pouvoir passer la journée que je lui enlevais.

Comme il ne faut pas avoir l'air de désarmer tout à fait, j'ai une certaine manière de lui redire de temps en temps :

— Ta maîtresse, oui, oui, la Vénitienne !...

Cela n'a aucun sens, mais ça porte justement à force de bétise.

Deux fois vingt-quatre heures, et l'incident se règle le plus amoureusement du monde. Il n'a servi qu'à redonner un bel élan à nos folies.

Nous ne voulons plus de personne dans notre retraite d'automne, pas même de Slug et de Fady, si copieusement alcoolisés soient-ils.

La vieille chatte, le grand chien sont les seuls êtres qui ne troublent pas cette idylle forestière.

— Monde ?

— Geo ?

— Si tu m'abandonnais?

— Tais-toi !

— Si...

— Après?

— Qu'est-ce que tu me laisserais?

— Une robe, une de mes robes.

— Laquelle, Monde, laquelle?

— Celle que j'aurais portée le jour où nous nous serions le plus aimés.

— Ah !...

Étions-nous bêtes, cette fois-là, pendant qu'il peignait et que je le regardais peindre, dans un coucher de jour silencieux, de jour plein de solitude !

Bêtes? Pourtant, je ne croyais pas si bien dire.

On a quelquefois, sur les lèvres, des paroles prophétiques. On n'y attache aucune importance quand on les prononce, elles passent par votre bouche sans être de vous, semble-t-il.

Ce n'est que plus tard qu'on les reconnaît pour avoir bien été les vôtres...

***

Un jeudi soir ! — oh ! je l'ai piqué dans ma mémoire, ce jeudi ! — nous revenions en voiture des bords de la Seine.

Georges avait été particulièrement délicieux ; toute cette journée avait été d'amour, en nous, entre nous, autour de nous... On faisait déjà le projet de repasser une autre fois par tous les chemins suivis, en bas de Samois et de l'autre côté de la Seine.

Sur l'avenue du Chemin de fer, la haute bâtisse blanche de Savoy-Hôtel se dresse derrière des grilles blanches et des pelouses.

Spontanément, sans me consulter, Georges dit au cocher :

— Entrez là.

Et, se tournant vers moi :

— Dînons au Savoy, tu veux?

— Ma toilette de ce matin est un peu fripée pour dîner avec tous ces gens... Je suis décoiffée, je...

— Bah ! c'est une manière de finir une bonne journée.

Cher Georges ! S'il avait su, si nous avions pu savoir ! C'était sa perte — ou plutôt la perte de sa Raymonde, et pour combien de temps !...

Nous nous installons sur la terrasse de l'autre façade qui regarde les jardins et domine la pente du coteau jusqu'au viaduc : la forêt, les rochers d'Avon, à cette heure, faisaient une masse sombre et imposante. Comme on nous servait le potage, une longue traînée de bruit et de lumière passa là-bas — le rapide de Clermont-Ferrand.

Ensuite, la nuit, le calme, la fraîcheur des gazons, le parfum des parterres, les causeries des dîneurs courant comme un bourdonnement léger, agile, et surtout la musique des tziganes en veste couleur tomate...

***

Est-ce drôle : je m'aperçois tout d'un coup que je me suis détachée d'où je suis, de ce lieu, de cet entourage, de notre table, de Georges lui-même ! Ma pensée vient de me remplir à nouveau des visions et des choses de cette vie d'aventures où je promenais ma personne et ma nécessité de me procurer l'argent des autres. Elle me promène à nouveau, oui, je ne suis plus ni d'ici, ni près de Georges...

Les maîtres d'hôtels avec leurs figures de lords, vus partout, à Biarritz comme à Monte-Carlo, comme à Ostende, et les rangées de petits abat-jour roses, verts, jaunes, sur les petites tables blanches, les mêmes fleurs, les mêmes silhouettes d'hommes, les mêmes toilettes claires des femmes, les mêmes musiques jouées par les tomates rouges, m'ont remis dans mon cadre ordinaire.

La Raymonde que connaît Georges, qu'aime mon Georges, s'en est allée, pour faire place à l'autre Raymonde, celle que je ne veux à aucun prix lui laisser connaître...

Oui, le pire est qu'au lieu d'éprouver une intime horreur pour ce phénomène subit, je me sens très bien, très à l'aise, comme très délivrée au milieu de ce que j'appellerai « ma clientèle » — et qu'un seul être me gêne à présent, c'est Georges !

Nous restons muets. Le moment est hideux, je me le dis, je le sens même très vivement ; c'est vraiment tout ce que je peux faire, de me le dire. Georges regarde au loin, les yeux vagues. Il n'a pas faim. Moi, l'obsession de tout ce qui est mon milieu, mon véritable milieu, ne m'empêche point d'avoir un bel appétit.

Sans que l'on s'en doute, mon oreille et mon regard vont de groupes en groupes, d'une table à l'autre, entre les bouquets et les petits abat-jour : je suis à l'affût.

— ... Dis Raymonde ?

Je n'ai pas entendu le commencement.

— Raymonde !

Je sursaute.

— Quoi ? Tu m'as parlé ?

— Je te demande si tu es contente, si tu vas demain achever le dessin que tu as commencé de ces chênes foudroyés, près du carrefour Louis-Philippe ?

Car je m'étais mise à faire aussi du dessin et un peu d'aquarelle sous sa haute direction.

Je réponds évasivement. Il me semble déjà qu'il s'adresse à une autre personne qui serait allée faire cette promenade, une autre personne que moi qui aurait commencé le croquis des chênes foudroyés. Ce n'est qu'à travers un brouillard me dépouillant de mon identité dans ce passé si proche que je me revois sur les bords de la Seine, à Héricy, autour de l'église campagnarde, au Bas-Samoreau, à Fontaine-le-Port, au pont de Chartrettes... avec lui ! — *Non, je ne suis plus avec lui.*

Deux Anglaises sont venues s'établir à la table voisine de la nôtre, *je suis avec*

elles. La plus âgée, son sac à main sur la table, feuillette un guide en avalant un œuf à la coque pas cuit qu'elle a cassé dans une tasse sur un morceau de beurre. La plus jeune l'accable de questions : va-t-on directement au Mont-Dore, s'arrêtera-t-on d'abord à Royat ? Si l'on s'enterrait à Châtel-Guyon ? Elles délibèrent ensemble : la saison est bien avancée, presque finie, maintenant, pour se mettre à faire l'Auvergne ! Mais, dans tous les cas, si elles voient Châtel-Guyon, il leur faudra passer jusqu'à Clermont : la vieille rappelle que c'est là, dans une Banque qu'elle nomme, que son frère, banquier à Liverpool, doit lui faire tenir son semestre...

De plus en plus intéressantes, ces deux femmes si simples, dans leur trotteur marron, coiffées de canotiers à larges bords — marron aussi, — garnis d'une queue de faisan. Toutes les deux pareilles (cependant pas deux sœurs), en uniforme d'amitié. Le semestre en question est de *dix-huit mille*, si j'ai bien saisi au vol. Il y aura en plus à toucher un chèque de *deux mille* pour la jeune. Elles voyagent par désœuvrement, elles ont le spleen : je sais quelque chose qui va le leur enlever pour une couple de jours au moins !

Dès lors, mon unique préoccupation est de prendre leur train, 9 h. 50, le lendemain matin. Je ne veux plus les quitter — jusqu'à Clermont.

Notre repas se termine par une grosse migraine qui me prend subitement. Rien d'étonnant après une journée en plein air et au grand soleil.

Le chasseur nous fait avancer notre voiture, nous quittons Savoy.

Interminable, assommant, ce trajet jusqu'à La Fourche. Pourquoi y revenir? J'aurais voulu coucher tout près de la gare, je ne pense plus qu'au rapide du lendemain ; il ne faut pas le manquer.

Cher Georges ! Pauvre cher Georges ! Quel peu de veine il a eu, le jour où il tomba sur une sale créature de mon espèce !

***

Mais pour m'en aller, comment m'y prendre?

Pendant qu'il est en bas à me préparer une infusion, moi je me dépêche là-haut de ramasser ma trousse de voyage, mon tailleur, un peu de linge, et je boucle ma valise, toujours faite d'avance en partie, pour le cas d'un départ à l'improviste.

Il n'est que temps, Georges s'amène avec sa tasse. Celle-ci produit l'effet désiré : à peine au lit, je m'endors de fatigue. Ce sommeil-là ne me défend nullement de constater que Georges s'endort cinq minutes après moi et qu'il met à dormir, lui, une sincérité qui devrait me faire rougir.

Mon plan est fait : j'avais d'abord songé à une querelle, en revenant sur notre histoire de l'autre jour, mais c'est bête. En admettant qu'il m'ait trompée, je trouve ça coco en diable de remonter une scène en réchauffant les vieilles jalousies. Je m'escamoterai, c'est-à-dire qu'au dernier moment, levée, habillée, prête enfin, je lui dirai : « Je m'en vais, parce qu'il faut que je m'en aille, tu auras une lettre bientôt, embrasse-moi et au revoir ! » — L'essentiel est que ça soit joué dans le mouvement. Si le mouvement y est, ça passe.

***

Le mouvement a failli ne pas y être. Georges me le cassait tout le temps. Je suis partie quand même. Il ne voulait pas, il s'est fâché, c'est naturel, il n'y comprenait rien, et plus je lui aurais permis de réfléchir, moins il m'aurait cédé.

Je suis partie parce que j'ai eu la chance qu'une voiture de place passât dans la rue. Georges était près de moi dans l'escalier, je dégringolais, j'avais appelé le cocher par la fenêtre, j'ai jeté ma valise dans le sapin, et il m'a emportée pendant que je me retournais pour envoyer des baisers à mon amant, à mon chéri, à celui qui est bien tout dans mon cœur et que je rends si malheureux !

Un peu plus, la force me manquait. A la minute où ses yeux plongeaient dans les miens d'une certaine façon, j'ai failli renoncer... Ah ! s'il avait prolongé ce regard-là une seconde de plus ! Mais il a abaissé les paupières, je me suis reprise, et je ne raterai pas mon train.

***

Les deux plumes de queue de faisan sont exactes au rendez-vous que je ne leur ai pas donné.

Nous roulons vers la belle Auvergne...

Georges ne saura jamais tout ce qui me déchire ! Ah ! que je souffre ! J'ai été dure, et j'ai été lâche, je suis une femme affreuse, il m'adore, nous étions heureux au possible, qu'est-ce que je vais chercher là-bas?

Dites-le-moi, vous autres, ce que je vais chercher, femmes de snobs ou maîtresses de mufles, qui pourriez être si heureuses, et que le tracassin pousse à travers la fête où s'énervent vos petites beautés, où s'affolent vos petits vices ! Ce n'est point mon secret ni le vôtre : seulement, moi je le reconnais et je le dis tout droit, tout haut, tout net. Vous ne vous le murmurez même pas, vous.

Je vais chercher de l'argent, je vais le chercher où je sais qu'il y en a. Je m'arrache aux heures faciles et chères, par raison, pour cela. Et je le gagne à le prendre, cet argent, il me coûte de la peine, de l'intelligence, du courage, un tas de choses que vous ne soupçonnez même pas. Je ne veux pas en arriver à faire ce que vous faites tous les jours ; c'est pourquoi, lorsque j'aime mon Georges, j'ai tant de joie à l'aimer !

. . . .

Elle m'a bercée, ma tirade. Ou le train.

Je m'endors en souffrant de mon remords comme d'un violent mal de dents que sa violence même tuerait pour ainsi dire, ferait tomber dans l'engourdissement. Une heure après, je me réveille en souffrant encore, c'est mon mal qui m'a tirée de l'oubli et du repos, c'est le sentiment aigu de ma dureté, de ma lâcheté qui me pince au sang.

Oh ! c'est la première fois que je souffre de cette façon.

Quand la douleur est si forte, on a des idées puériles qui vous passent par la tête ; celle-ci ne me quitte plus : ma robe de batiste brodée que je portais hier, je l'ai laissée exprès pour qu'elle lui tienne compagnie. Je suis sûre qu'il est allé la prendre, à pleines mains, et qu'il l'embrasse, qu'il pleure peut-être à chaudes larmes dans ses plis.

Ce que je suis allée chercher là-bas ? Une fortune, mais une vraie — autre chose que la vingtaine de mille francs des Anglaises en canotier à queue de faisan, — un beau petit million !

Ouais ! Il ne s'agit que d'aller le cueillir.. à Bucarest. Attendez la suite.

***

A Clermont-Ferrand, il y a la place de Jaude, une immense ellipse ; autour de la place de Jaude, il y a des cafés et des hôtels, les plus beaux de l'endroit.

Mes bonnes femmes étant descendues à l'hôtel de la Poste, c'est à l'hôtel de la Poste que je leur refis le semestre de l'une et le chèque de l'autre. Or, ayant pour principe de ne pas trop séjourner sur le théâtre de mes exploits, mais désireuse aussi de rester à proximité de Royat où il pouvait y avoir encore à travailler, je changeai de gîte et vins m'installer de la Poste à l'Europe, toujours sur la même place de Jaude, puisque, je le révèle, c'est le quartier des hôtels.

Dès l'après-midi du lendemain, je croise dans le vestibule de l'Europe un personnage que j'avais vu la veille établi comme moi à la Poste : un type entre deux âges, correctement mis, mais d'une correction sans chic. Un nez crochu, de beaux yeux noirs d'un regard croisé qui me gênait extraordinairement : moustache et favoris teints, drôles d'allures. Le soupçon me hanta, immédiat et poignant, que j'étais filée : sûrement un bonhomme de la police cet individu bizarre.

Rien ne me parut plus facile que de m'en assurer : sans doute il n'avait contre moi que des présomptions et ne m'arrêterait pas tout de suite, il tenait à me voir opérer. Eh bien ! changeons d'hôtel. Si c'est réellement à moi qu'il en a...

Je lâche l'Europe pour l'Univers ; en descendant, le soir-même, dans la salle à manger, la première figure dont la vue me frappe à la table d'hôtel c'est celle de mon type ! On a besoin de toute sa volonté, allez, dans ces moments-là, pour faire bonne contenance.

Sauter dans le premier omnibus en partance pour la gare n'eût été que brusquer les choses, courir au-devant d'un scandale, l'arrestation, là, en public, sur le trottoir de la maison. Changer encore une fois de logement ? Je ne pouvais pourtant pas faire le tour de la place de Jaude en autant de jours qu'il me restait d'hôtels à essayer !

Ma foi, le meilleur est de se tenir tranquille. Je me tiens tranquille. On ne me voit nulle part, je ne sors pas ; pendant trois jours, j'évite Royat, son parc et son Casino, tout en ayant soin de prendre mes repas dans l'hôtel aux heures de tout le monde, avec des manières paisibles, si éteintes, si quelconques !

Le sale mouchard ! il peut se vanter de m'avoir fait marcher : de la Poste à l'Europe, de l'Europe à l'Univers...

Le quatrième jour, après dîner, j'ai décidé de repartir pour Paris ; je reprendrai l'express du matin, le lendemain ; alors je m'accorde un bout de promenade jusqu'à ce Royat, où je serai bien sage, où les portefeuilles, les sacs et les valises pourront dormir en paix dans les chambres des derniers buveurs de la saison.

Comme je ne sors presque plus depuis quatre jours, j'ai besoin d'air et d'exercice. Dans le parc, la musique d'après-dîner vient de finir. J'arrive pour voir des contrebasses éplorées dans les bras des garçons du Cercle qui les emportent.

— L'enlèvement des Sabines ! me dis-je, et la réflexion me fait rire tout haut.

— Bravo ! la première fois que je vous vois rire... bravo, madame !

Le nez crochu et les favoris teints, mon bonhomme le roussin.

Nous sommes seuls, dans ce parc, au milieu d'un tas de chaises. Il va m'emballer... Non, il me fait la cour.

Je me méfie pourtant.

C'est un Roumain, il m'a vue arriver avec les deux Anglaises, il s'apprêtait à regagner Paris en passant par Vichy, il est tombé amoureux fou de moi, il veut m'épouser, m'offre tout ce que je voudrai de sa fortune si je le suis à Bucarest. Sa femme, sa maîtresse, comme il me plaira, pourvu que je l'accompagne. Lorsque je changeais d'hôtel, il en changeait aussi, il est résolu à s'attacher à mes pas, sa fortune, son amour et lui me suivront, me poursuivront, me combleront. Il faudra voir...

*

J'ai vu. Cet homme est sincère et véridique. C'est un fou. Un fou de moi.

Il m'a prouvé son identité. Il s'appelle Molesko, il est veuf sans enfant, plusieurs fois millionnaire. De graves intérêts le rappellent à la fin du mois dans son pays. Il me promet par contrat, devant son notaire, une somme énorme : un million. Pour cela, je n'ai qu'à l'accompagner là-bas, sur les bords de la Dimbovitza, un patelin magnifique, à ce qu'il me jure !

Je le ramène à Paris — sans passer par Vichy, — nous nous cachons au Continental, ou plutôt je me cache.

— J'ai un amant que j'adore, lui ai-je dit carrément. Il faudra y mettre le prix.

— Vous serez très heureuse, me répète-t-il, vous serez très riche.

De lui-même il m'a fourni des références : ses assertions contrôlées par mes soins se sont trouvées très exactes.

Un million, ça vaut le voyage. J'ai longuement réfléchi : j'irai là-bas chercher mon million et je le rapporterai à Georges, je m'arrangerai pour cela.

— Vous pouvez prendre nos billets, Molesko !

Je l'appelle Molesko, comme mon concierge ou mon frotteur.

Nos conventions portent qu'il n'élèvera vers moi aucun soupir tant que je n'aurai pas entre les mains la reconnaissance de la somme fixée.

Molesko a souscrit. Molesko est docile.

Je vais donc voir la tête d'un notaire de Bucarest.

Georges me sait auprès de papa, très malade, et il m'a envoyé son pardon.

IX

UN AMATEUR D'APPENDICITE

Un beau matin, je me suis réveillée à huit cents lieues de Paris, dans une vaste chambre dont les trois fenêtres donnent sur la *calea Victorici*, la plus chouette avenue de Bucarest.

A Clermont-Ferrand, Molesko était à mes pieds ; ici, je suis au pied des Carpathes...

Sur cette spirituelle réflexion, digne d'un Roumain du Quartier Latin, je sonne et je m'habille, aidée par une femme de chambre suissesse, puis je déjeune, servie par un maître d'hôtel allemand et j'envoie chercher une voiture de place par le guide-interprète qui est grec ; on m'amène un sapin découvert, assez convenable, attelé de deux biques hongroises que conduit un cocher russe. C'est le rendez-vous des nations.

Les patrons de mon « palace » sont Autrichiens, je crois, le portier est Magyar, le chef de cuisine Français, et ils ont à leur service des Albanais, des Serbes, des Bulgares, des Ottomans, etc.

En me dirigeant vers l'ascenseur, au bout de mon étage, reluqué deux ou trois portes entr'ouvertes qui laissaient apercevoir un déballage de sacs et de nécessaires... Mais je ne suis pas venue pour cela. N'y pensons pas ! Je ferme les yeux en tournant la tête de l'autre côté.

Si je me dépêche tant de sortir, c'est que Molesko doit venir me prendre au saut du lit pour me faire les honneurs de sa capitale : je tiens à ce qu'il ne me trouve pas. Je veux faire ma première balade sans lui, histoire de commencer son dressage dès le lendemain de mon arrivée.

C'est un Roumain. Il est tombé amoureux fou de moi.

Premier exercice d'assouplissement.

La drôle de ville! Bariolée, trop européenne par-ci, trop barbare par-là, des coins tout neufs, d'autres d'une ancienneté qui résiste. A Berlin, où j'ai vécu, à Londres que j'habitai, à Genève où j'ai passé plusieurs fois, on sait où l'on est. Ici, où est-on?

Des voisinages déconcertants, des juxtapositions étonnantes, il me semble. Ce singulier mélange d'un peu d'Orient dans pas mal d'Occident, de quelques doses de slavisme et de tudesquerie dans un vieux reste de race latine, où la Compagnie des Wagons-Lits emporte et rapporte régulièrement de quoi franciser la surface, vous fait respirer du premier coup une atmosphère spéciale de mœurs faciles, de dissolutions et de prodigalités charmantes, de rapines toutes naturelles, de vices tout pardonnés et de désordres reçus — atmosphère où, s'enveloppant d'une sociabilité exquise, le plaisir, l'art, la débauche, l'élégance, ça doit être la même chose.

Ce que j'ai vu? Des palais, des églises, et des jardins.

Oh! des palais... des flopées de palais! Palais Soutza, palais Bibesco, palais Godesco, palais Brancovan, palais Stirbey palais Costochi Ghika — sans compter les officiels, celui de l'Ephorie, le Palais Royal, et la résidence d'été, Cotroceni ou Elena Doamna... C'est à croire qu'ils ont gagné tout cela à l'écarté.

Mais des églises! Encore bien plus, des églises. Il paraît qu'il y en a cent trente-quatre ! (Je ne les ai pas toutes vues.) Il est vrai de dire que pour le plus grand nombre ce sont de toutes petites églises de rien, à peine des chapelles. Par exemple, comme elles ont chacune deux ou trois clochers, on s'en aperçoit au-dessus des toits. Elles font de l'effet — en hauteur. Mais pourquoi les cloches, au lieu d'être dans les clochers, sont-elles suspendues à une potence plantée à une dizaine de mètres environ de l'édifice? Voilà ce que c'est que de n'avoir pas attendu Molesko, il me l'aurait peut-être dit !

N'importe, je n'appellerai pas Lina et Mina par ici sur la foi de ces cent trente-quatre églises, elles n'y feraient pas leurs affaires.

A la Métropole, un grand jeune homme très bien mis entre derrière moi, me suit, se rapproche. J'affecte d'examiner la voûte, les yeux en l'air, je sens quelque chose m'effleurer les lèvres. Naturellement, je me rejette en arrière ; il est à côté de moi, souriant, portant à sa bouche quelques roses qu'il vient de porter à la mienne avec une insolence... Ma mine lui fait assez voir que je saurai l'empêcher de recommencer.

Il ne témoigne d'aucun embarras, me salue au contraire de la meilleure grâce du monde et s'éloigne sans hâte, très dégagé d'allure !

Dehors, je le retrouve en train de causer avec le cocher. Mais il s'esquive sur un nouveau salut. Je monte, nous repartons. Qu'y a-t-il dans ce coin du coussin? Mais les roses de mon insolent ! C'est trop, je les jette? Les belles roses !... Bah ! pourquoi ne pas les laisser où elles sont? Je les garde.

Sauf ce léger incident, matinée tout à fait agréable. Un cinéma inédit, qui n'est pas celui des capitales, ni celui des villes d'eaux de ma destinée.

J'essaie de questionner mon cocher pour savoir le nom du jeune homme... de l'insolent aux belles roses ! — Veine ! il baragouine un peu de français et je saisis ces mots :

— Prince Jean...

Mais c'est tout ; le reste... impossible. Ils sont tous princes, il y a des tas de Jean. Ça m'avance bien !

Mon Russe m'a promenée sur la *calea* Serban Voda qui est l'une des plus vieilles, et sur l'avenue des Ancêtres (*calea* Mosilor) — sur le boulevard Elisabeth, sur le boulevard de l'Académie, où sont les principaux monuments. J'y ai vu des statues : Michel le Brave — à cheval, Jean-Héliode Radulesco, etc. On me regardait beaucoup. Et puis il m'a conduite à la *Sosea* (la Chaussée, que les Roumains considèrent comme leurs Champs-Elysées), des Champs-Elysées hors barrières...

Malgré la saison, il faisait très chaud, on se serait cru en plein été, et la circulation était fort animée. Une foule d'équipages battant neuf, des toilettes que l'heure matinale rendait exagérées. Brillante société avec trop de brillants, cela frappe dès l'abord. Mais de la poussière en masse, et des mauvaises odeurs que le vent souffle, soit des vilains quartiers, soit des marécages environnants.

Un geste de distraction... j'allais me passer sous le nez les fameuses roses. Décidément, je les jette !

On me regarde de plus en plus. Je n'y tiens pourtant pas tant que cela.

* *
*

J'aurais mieux fait de ne pas les jeter. A peine mon geste ébauché, les fleurs lancées hors de la voiture, trois ou quatre gigolos en gilet blanc, — monocle, escarpins vernis, — et badaudant sur la bordure, aussitôt se précipitent et les ramassent avec ostentation. Quels imbéciles !

Et je découvre que j'ai à ma suite, dans la capote de mon sapin, un grand diable de phaéton dont les steppers secouent leurs avant-cœurs avec un bruit d'argenterie. Un vieux type à barbe blanche, feutre gris, lavallière bleue à pois blancs, — gilet blanc, parbleu! et monocle aussi, parbleu! — tient les guides, se colle, ne nous lâche plus.

Qu'est-ce que c'est que ce monde-là?

* *

Retour au Palace : Molesko. Inévitable ! Il a aperçu le phaéton. Sa figure s'illumine :

— C'est le ministre qui vous suit !

— Lequel?

— Le ministre de la guerre.

— J'aurais préféré celui des Finances. Ce qu'il doit me croire intéressée !

Je l'entraîne dans un salon, je lui dis tout juste quatre mots, pour tomber sur le buvard et le papier à lettre, tandis qu'il ressasse, béat, triomphant, reconnaissant :

— Le ministre ! c'est le ministre !...

— Ma correspondance, Molesko, tenez-vous calme !

— Son Excellence...

Pas d'Excellence ! Je lui ai indiqué un fauteuil, en fronçant les sourcils, mon regard l'arrête ; il se tasse, docile, ses gros yeux ronds sur moi, avec un gros soupir. Je me mets à écrire à Georges.

Nouveau gros soupir.

Plus rien. Il est très sage.

— Hum ! Molesko...

Ma plume court, court... Réflexion faite, mieux vaut avouer que papa est malade ici, que mon dévouement filial n'a pu résister au besoin de voler à son chevet, que j'avais voulu le lui cacher tout d'abord par crainte de l'effrayer à cause de l'éloignement, mais ne faut-il pas qu'il s'y habitue? — il pourra s'en produire encore, d'autres éloignements... (Hélas ! oui, il s'en est produit d'autres !)

Ma plume court toujours... Mon Dieu, qu'il me tient de près ! J'ai le souvenir de ses jolis cheveux fins, de sa petite moustache en broussaille. Mon Dieu, que je l'aime ! Il me semble encore sentir la fraîcheur de ses dents sur les miennes, ses dents pareilles à de jolies amandes nouvelles, blanches, dures et brillantes ! Chaque fois que je le quitte, c'est la même chose, je me demande ensuite comment j'ai fait? Je le revois sur la terrasse du Savoy, à la lueur des petits abat-jour roses et verts, comme je l'ai revu dans le train m'emportant en Auvergne ; mais je ne souffre plus, je suis ici pour lui. Je me le répète : POUR LUI ! — Mon Dieu, comme il me manque !

C'est vrai, quand je courais après mes deux Anglaises à queue de faisan, c'était pour moi. Je ne songeais alors qu'à satisfaire mon autre passion, je subissais la reprise de mon milieu et de mes idées, favorisée par la rencontre de Lina et de Mina, par ma rentrée dans une certaine atmosphère. Je n'aime au monde que deux choses : mon amour et mon petit métier. Georges et la cambriole, c'est tout. Mais il doit passer seul en moi. Si j'ai tant souffert dans ce train de Clermont, c'est qu'il passait dans le moment après l'autre chose.

Aujourd'hui, tout le contraire. Il me domine et m'anime : la preuve : ces portes entr'ouvertes à mon étage et que je ne regarderai même pas. Le désir d'en finir avec mon travail et ses risques m'a seul amenée jusqu'ici. La reconnaissance en bonne forme du nommé Molesko, et les cent cinquante mille francs que j'ai déjà garés, me délivrent pour toujours. Je secoue mon passé. Qui le connaît? Papa aura de quoi rester tranquille, être mon papa comme il doit l'être, et je serai Mme Georges... (j'allais mettre son nom). Ce n'est pas sur des feuillets datés de la prison que je dois l'écrire. Du courage jusqu'au bout, et de la patience ! Continuons plutôt mon histoire de Roumanie.

J'ai dit que le silence régnait et que ma plume courait.

Quatre pages remplies, j'en prends quatre autres et je me courbe à nouveau dessus, comme si je me rapprochais mieux ainsi de la chère petite moustache en broussaille...

En face, la grosse figure de bouledogue à favoris de Molesko m'inspire. Quand on songe que cet animal-là s'imagine faire ma conquête et se farcit la tête d'un tas de projets sur ma petite personne, comme si je devais lui appartenir vraiment une fois la question des fonds réglée ! Dire qu'il croit, dur comme fer, parce que je l'ai admis à me payer trois mille et quelques centaines de kilomètres d'Orient-Express, qu'il n'y a plus entre nous deux que l'épaisseur d'un notaire !...Faut-il qu'il en ait une couche !

La pensée du véritable but de mon voyage, de ce que Molesko voudrait être pour moi et de ce que je ne veux pas être pour lui, mais du résultat argent auquel j'entends arriver et des diplomaties à déployer en conséquence, me jette toute vibrante sur ces feuilles de papier comme sur la poitrine de mon adoré, si loin, si étranger à toutes ces luttes, à toutes ces combinaisons, à toutes ces démarches, à toute cette existence que je mène pour que nous soyons un jour entièrement l'un à l'autre, dans l'oubli, dans l'ignorance absolue du reste !

Jamais peut-être je n'ai été aussi tendre, d'une effusion aussi franche, surtout aussi fougueuse avec mon Georges, que ce matin sous ce regard de grosse bête musclée. L'amoureux roumain que je suis venue simplement inviter à casquer dans sa patrie, parce que ça doit être plus cher quand on se transporte à domicile, considère avec respect la main qui trace pour un autre des déclarations dont la dix millième partie comblerait ses vœux.

Une demi-heure passe et Molesko s'agite. Alors, pour le faire patienter, je lui distribue encore un mot — le cinquième depuis notre entrée dans le salon, - comme au compte-gouttes :

— Zut !

Stoïque, il se rabat sur les journaux. Ma plume repart, semant de ligne en ligne pour mon Georges mille promesses, mille baisers, tous les serments possibles et impossibles, surtout ceux-là, qui n'ont aucune importance, mais qu'il faut faire parce que c'est si bon quand on les fait ! Ma plume court, court encore...

Ah ! s'il n'y avait pas le matelas, le vrai « matelas », une telle somme au bout de ces huit cent lieues que j'ai faites, — tant d'argent qui me libérera de mon passé, me fera souveraine de la vie, tant d'argent qui élèvera autour de Georges et de moi d'inattaquables, d'indestructibles fortifications de bonheur !...

Je lui ai emmanché tout un commencement d'explication : papa venu ici recueillir un héritage colossal et imprévu — un ami, sauvé par lui jadis au péril de ses jours, et dont il se croyait depuis longtemps oublié, — cet ami (un prince, voyez palais !) sur le point de mourir, l'ayant fait appeler, papa accourant et pris par les fièvres, des gens lui disputant son legs qui représente une fortune, difficultés de procédure, intrigues, etc. Bref, quelque chose d'abracada...

Molesko allait abandonner *Epoca* pour se saisir de l'*Indépendance*, quand un maître d'hôtel — Anglais celui-ci, — annonce que nous sommes servis.

Je boucle ma lettre en me jetant au cou de Georges, cependant que Molesko, debout, m'arrondit son bras avec quelle grâce, on le devine. Et je suis déjà dans la salle à manger qu'il continue de m'offrir le cerceau.

*
* *

Au beau milieu du repas :

— A qui écriviez-vous?

Mais timidement, un peu bafouillé dans la mastication et l'engloutissement d'une cuisse de poulet au paprika.

Je l'encourage, pure perfidie.

— A qui? répète-t-il

— A Georges.

Pan !

Oh ! le paprika lui devient mauvais à la gorge. Ses gros yeux ronds roulent de côté et d'autre.

— Qui est-ce, Georges?

— Vous n'avez pas besoin de le savoir.

— Pourquoi?

— L'essentiel est que je sois ici.

Il a l'air de me trouver assez logique.

Taquiné tout de même par ce nom, pourra-t-il se tenir? Pas longtemps.

— Un parent? hasarde-t-il avant la fin de la cuisse, en toussant, et si craintif ou si pincé par les épices qu'il en larmoie.

— Non, quelqu'un qui m'adore.

— Et que vous aimez?

— Évidemment.

Coup sur coup il boit, il boit...

Par la suite, toujours perplexe, il m'a redemandé :

— Mais alors, vous vous jouez...

— De qui, puisque c'est avec vous que je suis?

Encore ma logique ! Il s'y est raccroché avec une solidité sans pareille, ne souhaitant pas autre chose : un prétexte à persister dans ses illusions. Je le lui fournis, tout va bien. Je le lui fournirai tant qu'il voudra — de la même façon.

Le simple fait de m'en être venue de Paris avec lui constitue des gages assez sérieux, dans son esprit de bon miché roumain. Car il est miché dans l'âme, toute nationalité mise à part.

— On dit que nous retournons toujours le roi ! m'explique-t-il, de sa galanterie ra-ta qui craque comme une paire de

chic-là, qui est un excès, est d'un attrait indéfinissable où l'on trouve aussi de quoi le haïr un peu et le mépriser.

Bientôt il me fut donné d'en apprécier de plus près quelques échantillons, et je

Deux ou trois gigolos ramassent les fleurs avec ostentation.

bottines neuves. Moi j'aime mieux ramener la reine !...

* *

Je l'avais remarqué sur leur *Sosea*, il existe à Bucarest une société pourrie de chic. Est-ce un peu d'orientalisme persistant sous notre vernis de Paris, mais ce

pus me croire transportée, comme par un coup de baguette magique, dans un de nos milieux de luxe et de plaisir les plus parisiens. Celui-ci n'en différait qu'en cela qu'il était, si je peux dire, encore infiniment plus parisien qu'eux tous.

Pareil à ces enfants ayant besoin de rassembler des admirateurs et des envieux autour de l'objet qui fait leur joie, Mo-

lesko ne pouvait plus longtemps me garder pour lui.

Je ne lui appartenais pas encore qu'il
tenait déjà à faire part de moi.

Oh ! la fierté de me sortir ! La gloire de
me montrer et de me présenter, tantôt au
Tschismédjin — beau parc au centre même
de la ville — ou au jardin Episcopia, tantôt
au Théâtre-National, à celui de l'Ephorie, bien en vue, dans une belle loge de face
ou d'avant-scène, pendant les entr'actes.

Et le contrat, ce fameux contrat, à propos ? Qu'on ne lui en parle pas, il est désolé,
ça traîne. Les choses ne vont pas vite sur
les bords de la Dimbowitza. Ces chiens
d'hommes d'affaires ! Par saint Georges !...

Vingt fois dans le jour il s'étrangle ainsi :
par Saint Geor... C'est son juron favori, il
devrait bien en changer, mais l'habitude !

Lorsque nous arrivâmes ici, le notaire
était parti pour sa maison de campagne :
on ne savait encore la date exacte de son
retour.

Alors, en manière de compensation,
pour me faire patienter quand nous nous
baladons, mon bouledogue ordonne magni-
fiquement à son cocher székler de prendre
par devant la Dacia Romania, grosse Compagnie d'assurances *où il me mènera quelque
jour*, m'affirme-t-il avec des sous-entendus.

Il a bien soin aussi de nous faire passer,
toujours pour les mêmes raisons, devant
chez ses banquiers, Zerlandi, Germani et
fils, dont il toise la façade d'un air impor-
tant, et *où il y a quelque chose pour moi*...

En attendant, je ne m'ennuie pas trop,
sauf quand Molesko veut être aimable et
spirituel. Depuis qu'il foule le sol natal, il
devient assommant, et même inconvenant
quelquefois.

— Avons-nous signé, Molesko ?

— Mais...

— Avons-nous signé ?

Je suis forcée de lui rappeler la clause
concernant les effusions...

Par bonheur, il a pris contre lui-même
la meilleure des précautions, ç'a été de me
faire un petit entourage de ses intimes.

*
* *

— Est-ce vrai, on dit que vous allez
vous marier avec lui ? me demande Jean
Skany, celui que je préférerais si j'avais
à en préférer un.

— On dit ?

— Ma foi, oui. Sans cela, croyez-vous
que je l'aurais imaginé ?

— Mais quel est cet On ?

— Tous ceux à qui il s'en est vanté.

— Il est en effet très capable de le dire.

— Et vous de le faire ? Allons, je n'en
crois rien.

— Vous tenez beaucoup à une réponse ?... A laquelle tiendriez-vous le
plus ?

Nous sommes seuls par hasard, Jean
Skany et moi, dans la loge. Il m'a un peu
piquée au jeu sans que je m'en sois d'abord
rendu compte, et je m'amuse de lui, mais
d'une autre façon que de Molesko.

On se brave des yeux tous les deux.

Il est enveloppant, sensuel, musicien,
d'une voix prenante, d'une parole câline,
avec de telles inflexions dans le médium
qui vous râclent comme un coup d'archet,
juste assez d'accent pour ajouter du pitto-
resque à sa musique, juste assez de gaieté
qu'il sait admirablement nuancer et troubler parfois d'une certaine gravité qui passe
souvent pour trop d'impertinence — on
la lui pardonne, — et il vous a des yeux
comme deux autres bouches sur vous. Très
intelligent, très paresseux, très dissolu,
charmant.

Il est prince et médecin, ce Jean Skany.
Médecin des femmes. Sa médecine, il l'a
faite à Paris, longuement. Là-bas, il a su
se faire distinguer par ses maîtres, s'atta-
cha à quelques-uns avec qui il reste en
correspondance. Il a, dans un beau jardin
des faubourgs, une maison de traitement,
avec salles d'opérations, clinique de gyné-
cologie, le dernier cri comme installation
et outillage. Tous les ovaires de la haute
société lui passent par les mains.

Depuis qu'on nous a présentés, il m'enveloppe d'un flirt assidu dont la perfidie
me ravit : tantôt c'est le hamac berceur
et la sérénade sur l'eau dormante, tantôt
c'est un engagement d'épées, toutes les
feintes, toutes les menaces, les attaques,
les ripostes...

Donc, en ce moment, il y a défi entre
nous. Sa bravade me pousse à une autre
bravade :

— Voyons... soyez sincère! Pensez-vous que je l'épouserai?

Il prend un temps en se donnant l'air de réfléchir.

— Que vous l'épouserez.

— Oui.

Je le voudrais bien.

— Parce que?

Cette fois, je peux parier pour sa sincérité : je vois ce qu'il va me dire.

En effet :

— Telle que je vous juge maintenant, prononce-t-il de sa voix la plus prenante, c'est la seule chance que j'aie.

Je salue cet hommage.

Et, lentement, il m'effleure toute de ses grands yeux longs fendus, dont les paupières sont des lèvres.

— Ah! dis-je en petits éclats de rire, par contenance. Et autrement?

— Autrement, je commence à comprendre que l'air des Balkans ne vous pirera jamais.

— Par conséquent?

— Il serait bon, dans mon intérêt...

— Que j'épouse?

— Que toute, que vous n'épousiez. Je fais des vœux.

— Et alors, ce même air des Balkans, qui ne m'inspirait pas avant...

— Ce ne sera plus lui cette fois, ce sera...

— Votre ami. Mon mari, votre ami.

— Comme vous dites bien cela!

— Mais je suis fidèle, je suis une femme très fidèle.

— A Molesko?

— On a la fidélité elle-même.

Il me prit les mains, et, se penchant, murmura :

— Voulez-vous que je vous dise? Je crois qu'elle est à Paris votre fidélité.

— Par saint Geo!... éclata à moitié une trompette joviale dans notre dos.

Molesko entrait.

*
* *

Qu'il nous en a coupé ainsi, des dialogues, mais aussi qu'il nous en a facilité! Presque toujours au bord du précipice, où c'est le plus amusant.

Un autre jour, chez moi, au Palace, dans mon appartement. Ni le théâtre, ni les nombreux cafés-concerts de la ville ne nous avaient tentés, ce soir-là.

Pendant que quelques autres avec Molesko faisaient leur bridge, Jean Skany était venu s'asseoir à mes côtés, dans le coin d'ombre d'où je regardais les joueurs; se faisant mon compagnon de divan, avec la même familiarité désarmante qu'il savait mettre à tout lorsqu'il entreprenait, selon sa propre expression, d'« entourer » une femme :

— Vous devriez me dire son nom?

— De qui?

— De votre fidélité.

— A quoi cela vous avancerait-il?

— Nous en parlerions ensemble.

— Merci!

— Je suis sûr que vous y auriez du plaisir...

— Et que je finirais par vous en être reconnaissante. C'est là-dessus que vous comptez.

Il eut l'effronterie de ne point nier.

— Je ne suis pas fier, répliqua-t-il simplement, bon apôtre.

Comme je me taisais, j'eus hâte à sentir son ton caresseur :

— Eh bien, approchez votre oreille... que je vous donne un baiser.

— Dans l'oreille? Bon pour Agnès.

— Le baiser d'un mot, je veux dire... Son nom, c'est...

Par jeu il s'inclinait vers moi, et, du souffle le plus léger :

— C'est Georges!

On se tut.

Mais ce n'était pas précisément pour arriver à ce résultat qu'il avait soigné son effet. Il repartit donc presque aussitôt :

— Voulez-vous que nous parlions de Georges? Quelquefois, quand vous vous sentirez trop éloignée, trop seule...

— C'est encore de Molesko que vous avez tiré ça?

— Ce n'est pas le prénom qu'il voudrait savoir, lui, mais l'autre, le nom de famille. Si vous saviez ce que ça le tarabuste!... Il est persuadé que c'est quelqu'un de connu.

— Et il serait heureux et fier de pouvoir le citer à tout venant, je n'en doute point. « La femme que j'ai ramenée de

Paris, mon cher? Mais c'est la maîtresse de Georges... »

Depuis il est revenu sans cesse à la charge : d'un autre, c'eût été un bateau, mais lui sait s'y prendre si gentiment, si affectueusement, si drôlement ! Il est si peu sérieux, et c'est un si charmant hypocrite !...

Après tout, le plus attrapé ce sera lui : puisqu'il a voulu, je l'ai pris au mot et je lui en ai parlé de mon Georges, je lui en parle chaque fois, à présent — pour le vexer. Mais sans rien lui en dire, bien entendu. Mes confidences ne le renseigneront guère.

Du reste des intimes — les bridge, — peu de choses à me rappeler. Ils se groupent dans le fond de ma mémoire comme au fond du théâtre le chœur des seigneurs, sans importance : Michel Reif, un haut magistrat, l'ingénieur Mitti Lipovani, le capitaine de cavalerie Esco, le lieutenant d'artillerie Enesco, un riche marchand de chevaux, Constantin Gorulof, Frodulof, je ne sais plus...

Tous aimables, tous cultivés, même le maquignon, tous, ayant passé par le boulevard, tous du dernier aéroplane.

S'ils ne cherchaient pas à me faire la cour, en revanche, ils me donnaient l'impression qu'ils avaient laissé Jean Skany se désigner parmi eux pour y réussir, et qu'ils s'en remettaient aux événements, à la force des choses, à la merveilleuse action du temps — et à la bêtise de Molesko, en ce qui concernait leur tour plus ou moins aléatoire, improbable, n'importe.

Ils ont de bonnes petites santés, par là ! Leur discipline à cet égard faisait ma joie.

*_**

— Mon petit Jean, vous avez de très vilains gestes.

— Oh?

— De très vilains gestes qui vous perdront si vous n'y prenez garde, mon petit Jean !... Le premier jour de notre rencontre — c'était dans un saint lieu, — vous aviez à la main une poignée de fleurs que vous m'approchâtes des lèvres pour mettre ensuite les vôtres...

— Les dévots font toucher à leur sainte ou à leur Madone des objets qu'ils conservent désormais comme des reliques.

— L'autre soir, au fond de la loge où le confiant Molesko nous avait laissés, vous me preniez les mains...

— Et ce matin que nous filons en quatrième vitesse, sachant ce que les routes de mon pays peuvent réserver de secousses ou d'embardées à leur honnête 30 HP un peu excitée, je viens de me permettre, instinctivement... C'est un réflexe.

— Oui, eh bien, il faut apprendre à être maître de ses réflexes, mon petit Jean. Je n'ai pas besoin d'être si entourée, et en fait de secousses ou d'embardées, dans la vie, j'ai déjà très bien résisté toute seule à d'autres que celles de votre honnête 30 HP, comme vous dites, même en lui supposant encore une plus grande excitation.

Par cette belle matinée, Bucarest reluisait sous le soleil. Une petite brise d'automne toute tiède frisait les feuillages. Mon prince-médecin était radieux : il m'emmenait en automobile visiter sa maison de traitement.

Familier, indiscret et caressant, Skany a du tact quand il veut, un tact admirable, mais il peut être aussi d'un mauvais goût parfait, qui nous ramène tout droit, le temps d'un éclair, à ses légendaires voisins, les tourneurs de roi et les poseurs de lapin du Boul'Mich.

L'établissement en question s'élève dans un quartier non bâti, ou à peine, au milieu d'immenses terrains plantés d'acacias et de longues lignes de peupliers. Çà et là, perçant le feuillage, quelques habitations de bois peinturlurées, d'une note vive.

Autour de la table d'opération, tout est en verre ; cette salle est d'une nudité !...

Il m'y retient, il y retient mes pensées. En lui, dans l'instant, se mêlent le carabin et le rasta.

Je vais au-devant d'eux :

— Vous en avez fait coucher là dessus, quelques jolies femmes que vous avez charcutées, pas?

Rire enchanté du rasta et du carabin.

Sur le seuil, avec plus d'accent loin de reculer, il se fait l'enjôleur de ma petite plaisanterie :

— Eh bien, qu'est-ce que cela vous dit? Vous ne serez pas malade une petite fois, voyez?

— J'ai l'excellente habitude de bien me porter.

— Il y a des maladies qui n'engagent à rien.

— Du côté de la santé peut-être, mais de l'autre...

— On n'en est pas plus à l'abri en voyage. Si pourtant il vous arrivait comme aux autres...

— Non, je vous le répète, Georges me l'a défendu, d'être malade. Ce n'est pas possible, humainement pas possible.

— Mais humainement?

**

Fichu le trac, il m'a tout de même fichu le trac, le docteur prince Skany, avec ses petits outils, ses salles en verres, ses bonnes femmes en blanc!...

On n'en est pas à l'abri en voyage... Cette phrase ne m'a pas lâchée de la journée, n'a pas cessé de me bourdonner dans la tête, jusqu'au moment de me mettre au lit. Sur mes oreillers, je commence à rêver appendicite et un tas de choses en *ite*. Voyez-vous que ça me prenne juste ici et que je sois obligée dare-dare de me faire ouvrir? Je serais fraîche!

Pourvu qu'il ne me porte pas la guigne, un farceur qui vous ouvre un ventre de femme, comme moi je vous ouvre une chambre d'hôtel!... Ma parole, rien que d'y penser, j'ai eu de la température, je ne dormais pas, j'ai rallumé, essayé de lire, et puis je me suis levée, très agitée, me voyant déjà dans la maison, là-bas, étendue sur la table, — me tâtant partout, à droite principalement, croyant sentir un point douloureux, tâchant de me raisonner, mais ne pouvant pas, ayant une envie folle de sonner pour avoir du véronal, du sulfonal, quelque saleté qui me calme et me fasse dormir.

Je vais au balcon du milieu, sur l'avenue: l'air de la nuit chasserait peut-être ces paniques.

Ma chambre était replongée dans l'obscurité, afin d'éviter de me donner en spectacle aux quelques noctambules qui passeraient par là.

Presque tous les bruits s'étaient apaisés, la plupart des lumières étaient éteintes. Cependant il en restait quelques-unes de distance en distance sur la *calea* Victoriei, me permettant de distinguer les silhouettes des objets et des gens: un attelage sortit de l'ombre et disparut dans l'ombre, je reconnus le phaéton ministériel dont Molesko avait conçu tant d'orgueil en m'en voyant suivie. Sans doute Son Excellence de la guerre qui s'en allait à son cercle ou à sa danseuse.

Guérie peu à peu par la fraîcheur, et détendue, rassurée, je songeais à nos nuits de Paris, aperçues en un recul étrange qui fit se lever au fond de moi — telle une flamme d'incendie couvant et qu'un peu d'air enfle, déploie, fait monter jusqu'au ciel, — un désir soudain de retour...

Au-dessous de moi, un son de voix connu rasait la façade du Palace, où l'on ne pouvait me deviner, dans l'embrasure de la porte-fenêtre, à ce deuxième étage.

En me penchant, je ne pus apercevoir que les dos de deux personnes, un homme et une femme, pantomime de gens en train de se quereller. Leur gesticulation s'interrompit le temps de passer sur mon balcon; au-delà, ils furent instantanément avalés par les **ténèbres** au moment où la femme avait envie de se retourner pour regarder en l'air derrière elle. J'avais reconnu Molesko. Tiens! tiens!...

Mais la compagne? Et cette querelle?

Elle savait quelque chose sur mon appartement, la bonne femme, et sur ma présence, là-haut, nul doute.

Dans l'après-midi de ce même jour, Molesko m'était revenu de chez Zerlandi en me déclarant que tout allait bien et qu'il avait pris un grand parti:

— Puisque mon notaire ne vient pas, j'irai le chercher. C'est l'affaire de quarante-huit heures pour le ramener. Je vous confie à Jean Skany, qui tâchera de vous distraire en attendant.

Et en s'en allant, avec un gros sourire fin, discret et béat:

— Prenez toujours ceci comme en-cas, prenez...

Sous enveloppe, un chèque de huit mille sur Zerlandi.

Il devait quitter Bucarest dès l'aube.

Comme bien on pense, ce n'est pas la jalousie qui me torturait en pensant à cette femme l'accompagnant, de nuit, du dente, grâce à ses exhibitions chirurgicales, il se répandit en excuses et en regrets :

— Je suis une brute ! Mais dame... l'habitude de ma profession ! je me figure tout le monde aussi blasé que moi là-

— *Vous en avez charcuté là-dessus, quelques jolies femmes.*

côté de chez lui, quelques heures à peine avant son départ. Néanmoins, il m'était permis d'être intriguée.

******

Lorsque je redis à mon ami Jean la belle insomnie que je lui devais la nuit précé-

dessus... Pas fermé l'œil? J'aurais dû prévoir... Que voulez-vous ! vous ne voulez pas qu'on flirte, alors je me suis lancé dans mes histoires de malades et d'opérations...

— Comme dérivatif.

— J'en suis au désespoir !... Vrai? vous avez craint, vous vous êtes imaginé...

Mais vous n'avez plus peur, c'est passé, vous êtes rassurée, maintenant?

— Un peu.

— Cela ne vous reprendra plus, au moins?

— Oh ! je l'espère.

— D'ailleurs, vous n'avez jamais souffert de là?

— Non, jamais... que je sache.

— Parce que... quelquefois... L'appendicite, disiez-vous? Hein... Pas de gargouillements dans la fosse iliaque droite?... Jamais fait d'entérite?

— Non... crois pas.

— Vous le connaissez, le point de Mac Burney, vous savez où on le situe?

— Bah ! c'est fini, à présent qu'il fait jour, plaisantai-je.

— Écoutez... si tout de même vous aviez peur, si vous préfériez...

— Quoi?

— Être tranquillisée.

— Eh bien?

— Après tout, ce serait facile.

— De quoi faire? Qu'est-ce qui serait facile?

— De couper court à ces vilaines phobies, dont on est très malheureux, je le sais... Comme, du reste, dans le cas où vous redouteriez autre chose ailleurs.

— Et le moyen?

— Tout ce qu'il y a de plus simple au monde : je pourrais vous examiner.

(Oh ! cette canaillerie, hein !)

— Ah ! merci, mon vieux, merci ! Non, pas ça.

— Pourtant...

— Je préfère encore l'auto, si ça ne vous fait rien, même à tous les degrés d'excitation qu'il vous plaira !

X

CE SALE ARGENT !

En fait d'auto, j'ai commandé mon Russe et ses deux biques de Hongrie, pour tuer ces deux après-midi avant le retour de Molesko et de son notaire. Quand même, avec ce grand jésuite de Jean, ça vaut mieux. Je le sens trop amoureux.

Trop amoureux lui, et moi trop nerveuse à la fin. Depuis douze jours que je

suis en Roumanie, attendant une solution, il me semble avoir vécu plusieurs mois, presque une année, toute seule et très loin de moi-même.

Cette impression ne me quitte pas, elle me revient à chaque instant, j'ai cru la combattre en me répétant que c'était pour Georges... Pas du tout. C'est bien pour Georges, mais ça ne l'empêche point de m'obséder : si je l'avais prévue, je n'aurais probablement pas eu le courage d'accepter l'aventure.

Elle aboutit à de singuliers résultats ! Ainsi, dans l'état de nervosité et d'inquiétude où je suis, je ne me sens même plus de goût à écrire à Georges ; je me contente de lui envoyer un télégramme par-ci, un télégramme par-là, avant-hier deux, hier pas un, aujourd'hui en me levant, j'ai voulu, et puis tout d'un coup, paresse, répugnance, découragement, je ne sais quoi... je me suis abstenue.

Je pense à toutes ces choses en traversant Bucarest. Skany assis à côté de moi, recueilli pour le moment comme un chat qui médite de bondir, se recueille au fond de ses instincts et de sa force.

— Connaissez-vous votre voisine d'appartement? me demande brusquement le docteur-prince.

— Laquelle, la grande grosse?...

— Oui, l'énorme. Une jeune juive que son mari amène de Jassy... Fortune colossale... Des sauvages... Sauf leurs terres et le bétail, qu'ils n'ont pu emporter, ça voyage avec tout ce que ça possède.

Il se frotte les mains.

— Savez-vous pourquoi j'étais au Palace avant l'heure convenue entre nous? continue-t-il. A cause de votre voisine. Consultation... La prochaine fois, elle viendra chez moi, à ma maison... Sont ici pour sa santé... Et la fois suivante, l'y garderai... Besoin de soins tout particuliers et très longs, — ah ! très longs... Quand je suis entré, figurez-vous, elle s'amusait à regarder toutes ses montres, il y en avait bien deux douzaines d'étalées, avec des chaînes, des breloques. Elle a pris tout cela à poignées, l'a jeté dans un vilain coffret qu'elle a repoussé ensuite... C'est un kyste superbe, cela ne fait aucun doute.

On sortait de la ville.

Ciel orageux. Une abominable mollesse était dans l'air, vous roulant toutes les volontés comme dans une déroute d'oreillers représentés par ces gros nuages.

Mon compagnon, me voyant peu en train, cessa son bavardage. Mais alors je me sentis bien plus livrée à l'abominable mollesse. Subissait-il comme moi l'influence de cet orage qui s'amassait? Ou que méditait-il? Décidément, je le préférais moins recueilli.

— Jean !

— Qu'y a-t-il?

— Vous m'agacez de vous taire, parlez-moi.

— Et quand je parlais, il n'y a pas cinq minutes, je vous agaçais encore.

— C'est vrai.

— Avez-vous eu une lettre ce matin ?

— Non.

— Avez-vous télégraphié?

— Non.

— Et hier?

— Non plus. Qu'est-ce que ça vous fait?

— Vous me dites de vous parler !

Subitement, une intuition m'a fait sursauter comme sous une secousse électrique.

Je vois d'un seul coup tout ce que j'ignore, tout ce que je cherche, tout ce qui se prépare, — et clair comme le jour.

— Jean, Molesko se moque de moi !

— Pourquoi?

— Je vous dis qu'il se moque, ou qu'il se joue, ce qui est pareil !

— Vous devez vous tromper, je le crois de bonne foi.

— Eh bien, moi je vous dis qu'il n'est pas parti, qu'il n'a pas bougé, que son notaire à la campagne, c'est une comédie, qu'il me mène un bateau depuis mon arrivée, que...

— Qu'est-ce qui vous le fait penser?

— Rien, tout, j'en suis sûre.

Il me met la main sur la main.

— Ecoutez, Raymonde, Molesko vous aime, Molesko vous aime sincèrement — ce ne devrait pas être à moi de vous l'affirmer. Pas un instant il n'a varié de ce côté-là. Pas un instant il n'a songé à modifier ses intentions. S'il vous a fait des promesses, s'il vous a amenée jus-

qu'ici avec ces promesses, mettez-vous bien dans la tête qu'il ne demande qu'à les tenir, il ne souhaite que cela... Maintenant, s'il se passe quelque chose en dehors de vous, s'il y a des retards, même des accrocs, ce n'est pas entièrement à lui qu'il faut les imputer...

— A qui donc?

— Il ne se joue de vous en aucune façon, sa pensée en est bien loin, au malheureux ! Je n'ai ni à le défendre ni à le faire valoir devant vous, je ne le trahirai pas non plus. Vous cherchez la vérité et vous lui tournez le dos en accusant Molesko, alors je vous remets en face d'elle, de la pure vérité, en vous disant : personne ne vous trompe, personne ne se moque de vous, Molesko est peut-être un imbécile, ce n'est pas un roué...

— Me jureriez-vous qu'il s'est absenté comme il l'a dit?

— Cela, je n'en sais rien. Dans tous les cas, qu'est-ce que cela prouverait, qu'il vous a menti?

— Oui, d'abord.

— Non, rien du tout. Simplement qu'il n'est pas le maître de faire tout ce qu'il veut, tout ce qu'il désire avec le plus d'ardeur possible.

— Il y a quelqu'un qui l'en empêche ! Je vous l'ai demandé tout à l'heure à qui l'on doit imputer les retards et les accrocs (selon vos propres expressions), et vous ne m'avez pas répondu !

— Si je pouvais vous répondre je le ferais.

— Si vous vouliez !

— Mais jamais !

— Avec ça !

— Raymonde, ma chère amie, ma parole...

— Allons donc !

— Comme il vous plaira.

— Je veux revenir, j'irai droit chez lui, je n'y ai pas encore mis les pieds, mais j'irai, et je le surprendrai, je saurai, je le démasquerai... Rentrons !

J'allais ordonner au cocher de faire faire demi-tour à ses rosses et de redescendre vers la ville, mais nous étions tout en haut, sur une espèce de plateau, et l'équipage s'arrêta de lui-même.

Me montrant au-dessous de nous cette

étalée de maisons et d'édifices, Jean Skany dont le bras étendu parcourait la plaine et les collines bâties sur les deux rives de la petite rivière :

— Bucaresci !

Le voilà enfin, le notaire roumain !

donne-t-elle pas raison, à l'étymologie, rien que d'ici, sur ce coteau?...

— Vous voilà bien en veine d'allégories !

— Vous, bien en veine de critique et d'injustice. J'essaye de réagir. Vous ne vous voyez pas, injustice envers ce pauvre Molesko qui n'en peut mais, injustice contre moi qui donnerais mon âme pour vous, et... ce qu'il y a de plus fort, mais d'étonnamment logique, injustice contre votre Georges... Oui, contre votre Georges, ne dites pas que j'invente. Votre paresse de télégraphier est là qui le prouve (et j'emploie le mot paresse pour vous épargner un terme plus cruel).

— Ainsi !

— Raymonde, voulez-vous que je

— Irons-nous ce soir, Raymonde, chez les Lautars?

— Je crois que je repartirai sans les avoir entendus, ces vrais artistes !

— Raymonde, rappelez-vous l'étymologie que l'on donne à notre ville : boukara, plaisir. Rappelez-vous cela. Bucarest, la ville du plaisir, le plaisir lui-même. Avec ses bariolures et ses verdures, ne lui

vous dise ce que vous êtes en ce moment pour nous tous...

— Allez !

— Et pour vous-même?

— Allez-y !

— Vous êtes ce qu'est le ciel, tenez : un orage qui n'aboutit pas.

— Qu'en savez-vous?

— Raymonde, volontiers je me conten-

terais d'un peu de bonne confiance...
— Oh ! oh !
— De bonne affection.
— Fraternelle?
— Toute fraternelle.
Oui, ce garçon est invraisemblable de jésuitisme. On ne l'aimerait peut-être pas, mais on finirait par adorer ses comédies.

***

Ma détermination était bien prise : m'enfermer, ne voir personne jusqu'au lendemain.
— Même pas le prince?... s'informa ma camériste.
— Même pas le prince.
Et je tiendrai bon.
On me monte mon déjeuner.
A une heure, billet de Molesko !
Quoi ! il est déjà ici?
« *Venez, je vous attends, nous vous attendons. Tout va.* »
Je me fais conduire chez lui.
— Vous êtes donc revenu un jour plus tôt?
— Mais oui, mais oui...
J'allais ajouter : « ou vous n'êtes pas parti? » Je me retins.
Assez grand air, sa vieille maison. Encore un palais, nul doute.
Il me fait entrer lui-même en grand mystère dans une vaste salle où je trouve un tout petit homme à lunettes, si sec, si noir et si petit ! Pas d'âge. Sur chaque joue, deux touffes d'étoupe en guise de barbe. Aucune moustache.
Le voilà enfin, le notaire roumain, pour lequel on s'est appuyé les trois mille et quelques centaines de kilomètres en question, le voilà !
Molesko a des manières de conspirateur. Au seuil de la salle, il chuchote des consignes à une espèce de majordome qu'on prendrait pour un bedeau. Puis il ferme les portes soigneusement, va à l'une, va à l'autre, rouvre, referme, écoute, revient sur la pointe du pied.
A mon interrogation muette, il répond :
— C'est le bonheur... c'est le bonheur !
Maintenant, il nous a indiqué trois fauteuils entourant une petite table sur laquelle il y a des papiers et de quoi écrire. C'est là qu'il va faire dresser, par le petit homme aux deux touffes d'étoupe, *mon acte de vente.*
— Voici, dit-il, après avoir toussé, très ému, voici ce que nous allons soumettre à votre approbation...
Et il écoute au lointain de la maison, pendant que le petit homme remue les paperasses qui font un bruit terriblement sec dans sa petite main sèche.
Avec un indescriptible accent national, qui se complique de timidité, le notaire donne lecture d'un projet fort embrouillé d'où je démêle que si je m'engage à demeurer dix années consécutives auprès de Molesko, celui-ci me servira une rente viagère de vingt-cinq mille francs par an (argent français), en outre, à la fin de la dixième année, il me fera bénéficier d'une assurance mixte de deux cent mille francs, dont je serai libre de toucher le capital; en outre il s'engage pendant ces dix années à pourvoir à mon entretien et aux frais de la vie courante, et si dans l'intervalle je l'ai épousé, ou si je me décide à l'épouser au bout de ces dix ans, il m'assurera comme fortune personnelle un avoir de trois cent cinquante mille francs espèces, et autant en biens fonciers ; en outre....
Mais, de nouveau, Molesko écoute au loin.
Une porte, dans le fond, a craqué, s'est ouverte.
Nous n'écoutons plus.
Une femme entre, plutôt se précipite vers nous, — elle me fait l'effet d'être assez vieille, cinquante ans environ, et juive. — Elle se jette à genoux sur le parquet, entre Molesko et moi, en criant longuement :
— Hô ô !... Hô ô !... Hô... ô !
Elle se tord les mains, gémit et rugit, grince des dents.
Le petit notaire tout noir a bondi en arrière, ramassé ses feuillets et tiré la table à lui comme afin de laisser plus de place à la femme pour ses démonstrations de douleur.
Molesko, blême, crie de son côté :
— Nata !... Nata !... Par saint Geo...
Et la femme ne cesse plus, affaissée sur

elle-même, s'arrachant des poignées de cheveux :

— Hô ô !... Hô ô !... Hô ô !...

En sanglotant, d'un sanglot qui menace de tourner à l'aboiement.

Pendant au moins cinq grandes minutes, c'est toute la scène :

— Hô ô !... Hô ô !...

— Nata !... Nata !...

— Hô ô !... Hô ô !

au notaire, du notaire à moi, de moi à sa juive, et il bredouille :

— Raymonde... Nata !... Raymonde !

Je fais un pas vers les deux hommes et j'éclate de rire :

— Votre rente viagère, votre assurance mixte et toutes ces histoires d'argent, c'est peut-être bon pour vous et pour vos vieilles maîtresses... pas pour moi. Le petit voyage me suffit, et aussi la petite comédie que vous voulez bien m'offrir. Relevez donc madame, elle va se faire mal... Adieu !

Comme l'éplorée, à ces mots, se mettait à lancer de furieuses ruades dans les pieds de la table, le petit notaire s'élança, criant quelque chose en rou-

Une femme entre et se jette à genoux sur le parquet.

— Molesko, c'est votre mère ?

Il me regarde, du fond d'un abrutissement incommensurable, et bégaye :

— Mais non pas... c'est... c'est Nata !

Nous sommes tous debout, moins la bonne femme toujours par terre, cette fois le front contre le plancher qu'elle heurte à violentes saccades. Ce qu'elle va se donner un beau saignement de nez !

Je regarde mon bouledogue à favoris noirs :

— C'est la personne avec laquelle vous vous baladiez l'autre nuit, avant-hier, pas ?

Ses gros yeux ronds vont de sa juive

main et d'un bras prompt, sauva l'encrier.

Je me dirigeais vers la porte, suivie par Molesko balbutiant :

— Raym !... Raym !...

Tandis que, dans le fond, la juive hoquetait encore un peu de hô ! hô !...

Ce fut tout. J'étais dehors, libre, enchantée, tout à fait légère, gaie, nettoyée du sale argent qui avait failli me salir.

Ah ! quelle chance que Molesko ait eu en travers de sa vie ce vieux collage !

De l'argent, après tout, n'en gagnerais-je pas moi-même avec un peu de courage et en y mettant un peu plus de temps ?

Je n'ai pas revu Molesko. Je n'ai pas revu Jean Skany.

Je leur ai donné à chacun un rendez-vous différent pour le surlendemain, et je n'y suis pas allée. En revanche, j'ai visité l'appartement de la grosse jeune femme israélite de Jassy, à côté du mien, la nuit qui a suivi notre grande scène de « Nata-hô-hô », et j'ai fait une assez convenable recette, en somme, malgré qu'il y aura bien du déchet quand il s'agira de négocier toute cette joaillerie barbare.

Quelques bonnes valeurs que j'emporte à Paris, et que l'on fera voyager encore un peu, me dédommageront du plaisir que je n'ai pas pris. Car je n'ai pris, je vous le jure, aucun plaisir à exercer mes talents chez ces bons paysans des Carpathes.

Mais, qui sait, j'emporte peut-être les honoraires du docteur prince?

EPILOGUE

Ça y est, j'ai été emballée en débarquant, à 6 h. 3o du matin, à la gare de l'Est, et coffrée immédiatement à Saint-Lazare.

Un télégramme du chef de la sûreté de Bucarest avait été adressé à la Préfecture de police. On a retrouvé les montres et les titres dans mon sac de voyage. Il paraît, d'ailleurs, que j'étais recherchée depuis pas mal de temps par ces messieurs de la Tour pointue.

Le juge d'instruction m'a fait la cour, j'ai cru comprendre qu'il ne me chargerait pas trop, de façon à pouvoir me rendre visite le plus tôt possible. A peine me parla-t-il de mes affaires. Les interrogatoires se passèrent en conversations légères.

Dix jours après, malgré le talent d'un ravissant petit avocat qui m'apportait à Saint-Lazare des boîtes de chocolat et des chansons de Montmartre, j'ai attrapé quinze mois.

Je sors demain, je vais sauter au cou de mon Georges chéri qui me croit encore aux Indes. J'ai de l'imagination, je m'en tirerai toujours s'il me demande des descriptions pittoresques. La souris d'hôtel — je l'ai dit, — a été aussi souris de bibliothèque, elle connaît les bouquins de Chevrillon, de Loti et de Kipling.

2 novembre. — Enfin libre. Ouf ! Je grimpe dans un taxi-auto, je vais chez papa me rafistoler un peu. Il n'est pas chez lui, papa. Il n'est jamais chez lui. Étonnez-vous donc que je sois une jeune fille si mal élevée !

A trois heures, je sonnerai à la porte de mon amant, il est toujours là l'après-midi : *l'heure du modèle*. Mon cœur bat très fort. Si l'adoré s'est collé avec une autre femme... ça va chauffer...

** **

J'ai demandé à la concierge s'il était dans son atelier.

— Madame n'est donc pas au courant de la catastrophe?

— Quelle catastrophe?

— Il y a juste aujourd'hui quinze mois que M. Georges s'est tué.

Elle m'a regardée dans les yeux.

— Je crois qu'on lui a raconté sur vous des choses épouvantables : les gens sont si méchants !...

Je suis tombée raide dans la loge.

. . . .

Mon pauvre Georges ! mon pauvre Georges ! tu n'as donc pas compris que c'était à notre intention que je travaillais... pour plus tard ?... Je pensais que tu ne le saurais jamais. Va, je suis moins coupable que les autres femmes, elles vendent leur peau, ce sont des lâches et des traqueuses, moi je volais mais j'étais fidèle. Mon amour, j'ai été cause de ton malheur, je ferai comme toi, je vais me tuer : je me fiche de la vie puisque je suis séparée de toi à tout jamais.

Et pas demain, tout de suite.

IMP. CRÉTÉ — CORBEIL

IMPRIMERIE CRÉTÉ
CORBEIL (S.-ET-O.)